강
제
이
주
열
차

강제이주열차

이동순 시집

창비

강제이주열차

제1부

고려인 무덤

살아선 세상에 갇혔고
죽어서는 쇠 울타리에 갇혔네
얼굴과 이름 새긴 돌비 하나 누가 세웠으나
더 큰 풀 돋아나 다시 묻혔네

발돋움으로 더듬어야 겨우 찾는 곳
날아와 울어줄 새 한마리 보이지 않는 곳
머나먼 동쪽 끝에서 쫓겨와
평생을 물풀처럼 떠돌다 마감했으니

땅에 떨어져 서로 간 곳 모르는
낯선 땅 가랑잎이여 망각의 넋이여
내 고향과 부모를 묻지 말라
나는 바람과 구름이 낳은 유랑의 자식

굳이 내 본적 궁금하거든
새벽별에게 귓속말로 물어보라
별도 달도 입 다물고 고개 돌리거든

그 자리에서 눈 감고 가만히 고개 숙이라

곧 쏟아질 눈발이
그대 어깨 위에 나비처럼 사뿐 내려앉아
내 모든 사연 낱낱이 일러주리니
결코 나를 서럽게 여겨 울지 말거라

싸라기풀*

논이나
물가 축축한 곳이면
어김없이 돋아나는 풀
싸라기처럼 작은 씨앗 맺어도
거친 바람에 시달려
우수수 우수수 다 떨어지는 풀

논길 오가는
마소의 발굽에 걸어차여
어이없이 허리 부러지는 애달픈 풀
지나치는 수레에 밟혀
온몸에 피멍 든 서러운 풀
만리 밖으로 어이없이 쓸려가
갈피 못 잡고 헤매는 풀

고향도 부모도 잃고
낯선 땅 찬 자리에 떠도는 풀
그 누구도 애틋한 눈길로

보는 이도 없고 거두는 이도 없고
두 볼에 눈물 자국
그대로 어룽더룽 남은 풀

모국어 아주 잊어버린 채
타향도 고향으로 여기고 그럭저럭
이 악물고 살아가는 풀
바람에 허리 꺾여도 다시 일어서는
아, 시련의 풀
또다른 이름 방동사니로도 불리는
중앙아시아 싸라기풀

* 1937년 러시아 연해주에서 중앙아시아로 강제이주당한 고려인들
  은 자신들의 슬픈 처지를 '바람에 허리 꺾인 싸라기풀'에 빗대어
  탄식했다고 한다.

고려인

일본 쳐들어오면
고려인들 일본에 붙는다고 했대
우리를 왜놈 간첩이라 했대
골치 아픈 믿을 수 없는
고려인에겐 추방이 상책이라 했대
이 무지막지한
스탈린 놈과 소련 놈들
비밀리에 추방 계획 세웠대
이 사실 알게 된 조선 볼셰비키들
격분해서 항의 비판 쏟았지
우리가 왜 무엇 때문에
이 한 몸 혁명에 모두 바쳤던가
하지만 불평 반감 쏟아낸 지식인들
쥐도 새도 모르게
잡혀가 무참하게 총살당했어
우리를 인민의 적이라 했지
귀찮고 말썽 많은 고려인
저 아득한 지평선

육천 킬로 밖 중앙아시아
그 넓은 사막에 내다버리면 된다고 했대
연해주 이십만 고려인들
하루아침에
살던 곳 모두 빼앗기고 뿌리도 뽑힌 채
이주열차에 실려
개처럼 짐승처럼 끌려갔지
눈보라 휘몰아치는 날이었어
가족들 아우성
아직 귀에 쟁쟁해
눈물의 이주열차에서 헤어져
지금까지 못 만난
내 가족 어디 가 있을까

짓밟힌 고려*

제국주의의
무도한 발은 조선을
마구 짓밟았다
군대 경찰 법률 감옥으로
조국 땅 얽어놓고
거기 사는 백성들 손과 발 눈과 귀
꽁꽁 묶어놓았다
땅과 밥을 잃은 무리는
북으로 북으로
작가 조명희도 그들과 함께
원동으로 가서 소련 볼셰비키 되었다
교단에도 서고
『선봉』『노력자의 조국』에서 기자도 했다
그가 쓴 시 「짓밟힌 고려」는
많은 독자들 격분 불러일으켰고
피눈물 쏟게 하였다
망명 생활 늘 불안했다
그러던 중 돌연

스탈린의 고려인 강제이주 소식 들었다

이에 항의하는 글 발표하고

그다음 날 붙잡혀갔다

'인민의 적'이란 죄명 둘러쓰고

하바롭스크 계곡에서 총살당했다

시신은 계곡에 버려졌다가

하바롭스크 경기장

바닥 구덩이로 옮겨지고

그 위에 다시 콘크리트 덮였다

고려는 두번 짓밟혔다

한번은 일본에

또 한번은 소비에트에

* 제목과 작품 전반부는 조명희의 시 「짓밟힌 고려」에서 이끌어옴.

잡초

에잇 저
지긋지긋한 원동 고려인들
잡초 같은 고려인들
베면 벨수록 더욱 무성하게
기세등등 돋아나는
저 고려인들
저 지긋지긋한 것들
스탈린은 우리를 질기디질긴
잡초 따위로 여기며 고개 흔들었다지
고난과 시련이
우리를 그리 만들었어
자, 없앨 테면 어디 한번 없애봐
억새 바랭이
방동사니 질경이
쇠비름 쇠뜨기풀 도토라지
깨풀 쇠털골 가막사리 도깨비바늘
망초 환삼덩굴 모시풀
쑥 둑새풀 쐐기풀 물달개비

민들레 어저귀 석류풀 털진득찰
여뀌 소리쟁이 강아지풀
독말풀 애기똥풀
마디풀 까마중 황새냉이 매듭풀
쇠별꽃 쥐손이풀 박주가리
제각기 질긴 이름 지닌
우리 이름은 잡초
사, 오너라
이 많고도 많은 잡초를
깔아뭉개겠다는 자 대체 누구냐
언제든 기꺼이 맞서주마
올 테면 오너라

혁명가

인민과 볼셰비키 위해
평생 몸 바친 보답이 고작 추방인가
이주열차 기적 소리 들리는
시베리아 벌판에서
한 많은 생을 이렇게 접어야 하는가

내 일찍이
볼셰비키 당원으로
혁명의 길에 뛰어들었고
모스크바 피압박민족대회에도
영광스럽게 다녀왔거늘

이제 와서 당 대표는 무엇인가
내가 받은 레닌훈장 따위는 다 무엇인가
이 한 몸 오로지
당과 소비에트 위해 달려왔거늘

내무인민부 놈들

나를 반혁명분자 일본 간첩으로 몰아
밧줄로 두 손 꽁꽁 묶어 끌고 가서
단 한발의 총탄으로
내 가슴 뚫었네

혁명에 고려인들
그 역할 얼마나 컸는데
스탈린 동지의 조치 너무 서운하다는
그 한마디 전하려 했는데
나는 이렇게 어이없이 떠나는구나

흐느끼는 부모님께
내 웃으며 걱정하지 말라
곧 뒤따라가니 아무 걱정 말라 했는데
이제 나는 몸 사라지고
넋만 바람결에 가족 곁으로 가네

숙청

앞마당 개가
미친 듯이 짖던 밤
자동차 엔진 소리 들리고
우르르 달려오던 구둣발 소리
민족 지도자들은
집에서 초저녁잠에 빠져들다가
잠옷 바람으로
무참하게 끌려갔네
등에 총부리 꽂힌 채 끌려갔네
이주 명령 내리기 직전
고려인 지도자들 이렇게 사라졌네
송희 박창내 강병제
최호림 리종수 김아파나시
교사 당간부 고급장교
시인 조명희도 이렇게 끌려갔네
이천오백명 민족 지도자들 끌려갔다네
가선 다시 돌아오지 못했다네
그들 모두 혁명가 우국지사

러시아 발전 위해 몸 바쳤는데
그런데 왜놈의 첩자 반혁명분자라며
모질게 제거하고 숙청했네
강제이주 계획 세워놓고
그 부당 조치에
혹시라도 있을 집단적 저항 두려워
미리 입 틀어막아버린 것
그후로 그 누구도
말 한마디 벙긋 못하고
시키는 대로 조용히 끌려갔네
그게 바로
죽음의 행진 시작이었다네
모진 숙청의 칼바람
피비린내 나는 미친 돌개바람의
시작이었다네

이주 통보

갑자기
가라 하네
겨울은 오는데
우리더러 어딜 가라고
죄 없는 우리가 죄수 되었네
살던 집은 어찌하고
집안의 기물집기는 다 어찌하고
장롱과 반닫이
그 속에 든 고쟁이 바지저고리
제삿날 갖춰 입던 두루마기
혼례 앞두고 받았던 사주단자며
가문의 귀한 족보는 어찌하고
숟가락과 젓가락
독 안의 간장 된장과
갓 담은 장아찌 동치미는 어찌하고
손때 묻은 연장에 농기구들
마당의 닭 개 소 당나귀
짐 실어 나르던 달구지는 어찌하고

들판에서 누렇게 익어가는 벼는 어찌하고
수확 때가 된 밭곡식은 다 어찌하고
나더러 우리더러
갑자기 떠나란 통보가 웬 말인가
동지섣달이 가까운데
겨울 앞두고 대체 어디로 가란 말인가
우리가 왜 떠나야 한단 말인가
오고 가는 말
몹시도 수상쩍고 뒤숭숭한데
오늘 통보해놓고
이틀 뒤 라즈돌노예 역*으로 모이라는 게
어디 되는 말인가
놀란 가슴 도무지 진정 못하고
앞뒤 전혀 가릴 수 없고
무엇부터 해야 할지 전혀 갈피 못 잡고
두서없이 우왕좌왕 허청대며 서성이는데
로스케 놈들 우리더러
일본 개라고 줄곧 쑤군대네

일본이 싫어서 고향 떠나온 우리에게

그 무슨 망발인가

이 험한 산 파도를 어떻게 넘나

아이구 어쩌나 이걸 어쩌나

이 일을 어쩌나

* 1937년 가을, 스탈린이 연해주의 한인들을 중앙아시아로 강제이주
  시킬 때 사람들을 실어 나르던 출발지. 고려인들의 슬픈 한이 맺
  힌 곳이다.

서쪽으로

물도 밥도
굶주린 지 여러날
이미 눈 뒤집혀 환장할 지경
누군가 몰래 갖고 온
강냉이 몇알 나눠 씹으며 버티고 있다

칼바람 몰아치는 이주열차
할아버지는 밤새도록 악을 쓰며
기침만 하시더니
기어이 피 토하고 숨 끊어지셨다
이게 사는 건가
우리가 짐승인가 사람인가

하루 한번 서는
시베리아 어느 철둑 언덕에
뻣뻣하게 굳은 할아버지 시신 묻고
돌아서 머리 터는데
굵은 이가 깨알처럼 툴툴 떨어진다

이 모진 것들아 아직도 나에게
빨아 먹을 피가 있더냐

아이들 먼저 죽고
늙은이들 차례로 죽어나갔다
환자 신고하면
전염병 막아야 한다며
거칠게 끌고 나가 다시 돌아오지 않았다
그후 병이 깊어도
아프다고 신고하는 이 없었다
죽어도 가족 품에서 죽겠다며 울었다

이렇게 열차에서 병든 사람들
두번 다시 마른 땅 디디지 못했다
참다못해 경비병 찾아가
항의한 사람들
그들조차 영영 돌아오지 않았다

강제이주열차는

고요의 열차 죽음의 열차

그 무거운 침묵 가득 실은 채

마흔날을 서쪽으로

서쪽으로 달려만 갔다

떠나던 날

이삿짐 꾸려
화물차에 싣고서
정든 집 뒤로 두고 길 떠나는데
키우던 삽사리
아무 영문도 모르고
컹컹 짖어대며 따라오던
그 모습이 눈물 속에 어룽거리네

한참 달려오다 지친 개
길 복판에 멀뚱히 서서 바라보는데
두 볼 타고 저절로 흐르는 눈물
우리 떠나면 저 삽사리
어느 누가 밥이라도 제때 챙겨줄까
화물차가 굽잇길 돌자
살던 집 점점 멀어져 안 보이네

초목도 왈칵 뽑아
다른 곳으로 떠서 옮기면

제자리 잡아가기 힘이 드는데
하물며 사람 터전을
어찌 그리 준비도 없이 떠밀어가나
코뚜레 없이 코가 꿰였고
고삐 없이 목줄 매여 끌려가는구나

우리가 너희들 닭이냐
우리가 너희들 소 돼지냐
이렇게 마구 다루고 부릴 정도로
우리가 그렇게도 만만하더냐
왜놈 피해 떠나온 연해주
이제 다시 아득한 중앙아시아로 떠밀려가네
가련한 우리 고려인 신세

떠돌이 개

수십년
살아오던 집 버리고
울면서 떠날 무렵
집집마다 키우던 개 고양이도
이상한 낌새 느낀 듯
말은 못하지만
아침부터 울어대며
집 마당을 이리저리 쏘다니고
특히 고양이 녀석 유난스레 울어대었네
주인이 집 떠나자
개들은 뒤따라 나섰고
떠나는 화물차 뒤를 헐레벌떡 달려왔네
역에 와서도 주인 찾아 두리번
열차 앞에서 뒤까지
분주히 오고 가며 두리번
작별 앞두고 주인은
개의 등을 쓸어주며 잘 있거라
눈물로 작별하는데

짐승은 차마 데리고 갈 수 없었네
열차는 기적을 울리고
개는 마침내 정든 주인과 헤어졌네
떠나는 열차 꽁무니만 멀뚱히 바라보았어
역에는 이런 개들 많았지
모두 떠돌이 개 되었을 거야
가만히 생각해보면 우리 고려인도
떠돌이 개의 가련한 신세와
다를 바 없었네

깊은 밤

사람들이
가축 수송 열차에 우르르 올랐다
우리 가족은 맨 꼬리 칸
아버지가 일부러 거길 골랐다
폐병 앓는 형
그를 돌보는 어머니
난로에 불부터 먼저 피우고
냄비에 물 끓였다
달리는 열차에서 형이 죽으면
얼른 내려 철로변에 묻겠다는 아버지 생각
이윽고 열차가 출발했다
두어시간 지나니
차 안의 모두가 잠이 들었다
깊은 밤에 나랑 어머니만 깨어 있었다
철도 두들기며 달리는 차바퀴 소리
낡은 차량의 삐걱거리는 소리
열차가 서거나 떠날 때
칸과 칸이 덜컹덜컹 마주치는 소리

도무지 잠들 수 없었다
마지막 칸이라 유별나게 흔들렸고
어떤 때는 탈선이라도 하는 듯
심하게 요동쳤다
이 차는 무슨 차인가
우리 가족은 지금 어디를 가는가
누가 오라고 하는가
무슨 볼일 그리도 급해
우리 터전과 살림 모두 다 팽개치고
황급히 떠나가야 하는가

우리는 무엇인가

우리는 짐승
그러니까 가축 수송 열차 태웠지
우리는 그저 화물
짐 싣는 화물칸에 마구 실렸으니까
우리는 길 잃은 양떼
소련 경비병 놈들이 총대 들고
이리저리 몰아대며 열차에 올랐으니까
우리는 수갑 안 찬 죄수
그저 호통치는 대로 끌려가서
어딘지 모를 곳으로 하염없이 왔으니까
우리는 슬픈 거적때기
놈들이 늘 만만히 뭉개고 짓밟아도 되었으니까
우리는 가여운 지푸라기
발에 걸리적거리면 구둣발로 걷어찼지
우리는 애달픈 먼지
불편 느낄 때 훅 불면 되었어
짐승과 양떼
화물과 죄수는 교양도 인격도 없지

거적때기 지푸라기
먼지 따위는 그냥 두어도 돼
우리는 사람 아니니까
열차 바닥에 그대로 똥오줌 싸고
달리는 중에 누가 죽어도
그저 천에 둘둘 말아
창밖으로 밀어서 던지면 되었어
우리는 단지 물건이었지
우리를 인간으로 여겼다면
이토록 함부로 다루진 않았을 거야

그날의 실루엣

덜커덩거리는 열차에서
벌어진 마룻장 틈
갈라진 판자벽으로 들어오는 바람은
무섭도록 차가웠다
콜록콜록 기침 소리 들렸다
집에서 마련해 온 양식 자루는
바닥난 지 여러날
허기도 참기가 어려웠지만
무엇보다도 뜨끈한 국물 몹시 그리웠다
몸이 와들와들 떨렸다
하루 한번 열차가 설 때면
수십량 열차에서
수백명 고려인들 우르르 뛰어내렸다
열차 밑으로 들어가 쪼그리고
용변 보는 이
열차 옆에 한줌 화톳불 피우고
국물이라도 끓이는 이
그런데 무정한 열차는 곧바로 움직였다

국물이 채 끓기도 전인데
용변조차 제대로 보기 전인데
이게 무슨 꼴인가
양동이 들고 수도 앞에 늘어섰던 행렬도
후다닥 열차에 뛰어올랐다
미처 오르지 못한 이도 있었다
차 밑에 깔린 이 있다고 누가 소리쳤지만
열차는 그대로 달려갔다
눈바람은 매섭게 불고
열차는 노을 지는 지평선으로
한없이 달려만 갔다
아, 우리는 지금 어디를 이렇게
숨 가삐 끌려가고 있는가

고려인의 하늘*

하늘이 있나
우리에게 과연 하늘이 있나
옛 조상님들
폭풍과 먹구름 피해
더 크고 푸른 하늘 찾아서
두만강 넘어 머나먼 원동까지
허위단심 찾아왔건만
척박한 땅 갈아 애써 옥토로 바꾸어
겨우 쪽빛 하늘 보는가 했더니
돌연 수만리 밖으로
쫓겨나는구나
스탈린아
너는 무슨 함원 그리 많아
우리 고려인을 원수처럼 몰아내느냐
오늘밤도 하늘엔 별이 내리고
밤 위에 또 밤이 더하니
환한 대낮은 그 언제나 맞이할 수 있나
세월이 흘러가면

언젠가는 좋은 세상 열린다지만
고려인의 하늘은 언제나 밤
단 한번도 밝은 아침 오지 않았구나
그 많은 원동의 고려인들
두 어깨 늘어뜨리고
사막의 밤길 터벅터벅 걸어가나니
이 시련의 끝은 언제인가
언제인가

* 고려인 화가 안블라디미르의 그림 제목. 고려인의 참담한 강제이
주를 다루었다.

작별

열차 떠날 때부터
어머니는 몸 안 좋으셨네
찬 바람 들이치고
몹시 요동치는 열차 안에서
더 나빠지셨어
여러날 굶고 온몸이 펄펄
마침내 헛소리에 두 팔 허공 저으셨네
눈가엔 눈물 주르르
당신 자식 얼굴도 못 알아보시네
엄마 엄마 눈 좀 뜨세요
온 식구 매달려 손발 주물러보지만
우리 엄마 점점 식어가네
아이구 이를 어쩌나
여보세요 거기 누구 없어요
제발 좀 도와주세요
목 터져라 악쓰며 외쳐봐도
차바퀴 소리만 덜커덩
한순간 울 엄마 축 늘어졌네

이게 작별이구나
무슨 작별 이렇게 하나
다음 날 어느 벌판에 열차 섰을 때
급히 땅 파고 엄마 묻었네
경비병 놈 따라와 하도 보채서
거기도 오래 못 있었네
아, 그렇게 떠나왔네
떠나왔네

눈물의 세월

그해 동짓달
텃밭의 무 배추
막 수확 앞두고 있었는데
벼락같이 이주 명령 떨어졌네
이틀 안에 이삿짐 싸서
우라지오* 역으로 집결하라 하네
사나흘분 음식
집집마다 준비하라고 하네
아직 농작물 거두기도 전인데
달리 먹을 게 어디 있나
이리저리 둘러보니 그저 만만한
닭 돼지 모조리 잡아
굵은소금 뿌려 고기 장만하고
감자 옥수수 밀가루
자루에 담아서 꽁꽁 묶고
덮던 누더기 이불 몇채 둘둘 말아
역으로 가는데
어찌 그리도 눈물이 흐르던지

가다가 돌아보고 또 가다가 돌아보고

앞마당 삽사리는

수상한 눈치 채었던지

마냥 짖으며 뒤따라오는데

주인 잃은 다른 집 개들도 허둥지둥

역 구내 인파 사이로 두리번거리며 헤매는데

무정한 이주열차는

검은 연기 뿜으며 기적 울리는구나

원동아 나 지금 떠나지만

곧 돌아오리라

그렇게 중얼거리며 떠난 것이

몇 년 세월 흘러갔나

* 고려인들이 블라디보스토크를 일컫던 말. 해삼위(海蔘威)로도 불
   렀다.

라즈돌노예 역에서

저기 서 있는
시커먼 저것은 가축 수송 열차
저걸 타고 이만리 길
달려간다네
거기가 어딘지 아무도 모르네
열린 문으로 들여다보니
바닥엔 말라붙은 소똥 말똥 그대로
양쪽으로 선반 매어
아래위층으로 나누었고
그 가운데 무쇠 난로 하나 걸려 있네
한 화물칸에다
네 가족 몰아넣어 가두니
여기저기서 들리는 비명 소리
창문은 아예 없고
벌어진 널판 사이로 찬 바람 들어오네
앉으면 머리가 위에 닿아
그저 송장처럼 누워 참기만 할 뿐
대체 이게 무엇이냐

우리가 무슨 죄인인가
사람을 마치 짐승처럼 다루는구나
불평하고 투덜거리면
장총 멘 로스케 놈 냉큼 달려와
두 팔 잡고 끌어내는구나
그렇게 나간 사람 다시 못 돌아오니
이후로 열차 안은 오로지 고요
싸늘한 정적만이 감돌 뿐
철도 위를 굴러가는
쇠바퀴 소리뿐

우리는 짐승이었다

열차는
역마다 서지 않았다
오히려 역을 피해서 서곤 했다
역에 머물 때
한꺼번에 수백명이 물을 긷거나
용변을 보는데
주변 환경 더러워진다며
일부러 역을 한참 지나서 섰다
인파가 붐비는 역은
그냥 통과해서 달리다가 멈추었고
역이 아닌 들판에서
두세시간 멀뚱히 머물기도 했다
다른 열차 먼저 보낸다며
이틀이고 사흘이고 그냥 그대로
멈추어 서 있었다
그러다가 다시 달리면
어떤 역도 서지 않고 그냥 통과해서
며칠을 그냥 그대로 달려갔다

이때 사람이 많이 죽었다
무슨 계획이 따로
세워진 것이 전혀 아니었다
가장 악조건 속에서
얼마나 견딜 수 있는지 시험하는 듯
열차는 제멋대로
가다 서다를 되풀이했다
오물 속에 쪼그려 앉은 사람도 오물
열차가 섰을 때
가장 급한 것은 용변과 빨래
그리고 밥 짓기
이마저도 차가 떠나면
모든 것 그대로 버려둔 채
젖은 빨래 황급히 걷어 차에 올랐다
그 시절 우리는
인간이 아니고 짐승이었다
그러니 가축 수송 열차에 탄 것이었다

고향

내 할머니는 일본에서
할아버지는 조선에서 태어나셨네
일찍이 두만강 건너와
원동에서 아버지 낳으셨지
사할린에서 태어난 어머니는
아버지랑 원동 땅에서 가시버시 되셨네
1937년 우리 가족 모두
이주열차에 실려
중앙아시아로 끌려왔지
나와 동생들은 카작스탄*에서 태어났다네
여기서도 몇군데로 옮겨 다녔네
그러니 내 고향은
카자흐도 러시아도 한국도 북조선도 아니네
고향 없는 사람에게
자꾸만 고향 얘기 꺼내지 말게
나는 세상에서
고향이란 두 글자가 너무 싫다네
그냥 내 태어나

뿌리박고 사는 곳이 고향인들 어떠리
하늘 아래 모든 곳이
내 고향이고
또 가만히 생각해보면
그 어떤 곳도 옳은 내 고향은
아니라네

* 카자흐스탄을 일컫는 현지 고려인들의 입말.

깊은 적막

화물차의
모든 문은 닫혀 있다
그 안에 무얼 실었는지 수상쩍다
물건인가 짐승인가
사람인가
그런데 칸마다 KGB 타서
눈 부라린다
첫 추위 휘몰아쳤고
이 칸 저 칸에서 죽은 이 나왔지만
그냥 빈 칸에 옮겨 장작처럼
쌓아두었다
열차 바닥 한쪽 구석에 구멍 뚫어
거기 쪼그려 똥 누었다
그 구멍으로 칼바람 몰아쳐 들어왔다
그 구멍으로 휙휙 지나가는
시베리아 땅 보였다
어쩌다 끼익 열차가 설 때면
시체 수집 칸 뻣뻣한 주검 번쩍 들어내어

언덕 너머 골짜기로 던졌다
다시 열차는 떠나고
마지막 가는 자를 위한 슬픔도
눈물도 없었다
눈 내리는 자작나무 숲은
깊은 적막뿐

레퀴엠*

차가 설 때마다
육중한 철문 열리고
또 새로운 주검 실려 나오네
어제는 백노인 오늘은 돌배기 콜냐
내일은 또 누구

무심한 열차는
물과 석탄 채우느라 바쁜데
사람들은 시신 메고
철로 옆 언덕에 가서 파묻네
뒤따르는 울음도 상여도 만장도 없네

어디선가 까마귀 소리
무거운 먹구름 낮게 드리웠는데
가여운 영혼은 왜 여기
이토록 낯선 곳에 묻혀야 하나
자작나무도 울고 있네

굶어 죽고 얼어 죽고
병들어 죽은 저 불쌍한 영혼들
기적 소리는 또 보채는데
열차 떠나면 혼자
쓸쓸해서 어찌 지내노

* 죽은 사람의 영혼을 위로하기 위한 미사 음악, 진혼곡. 고려인 화
  가 신순남 화백이 이 제목의 연작으로 고려인 유민사를 정리해낸
  바 있다.

불쌍한 아가야

깊은 밤
달리는 이주열차에서
태어난 아가야
너는 울음소리도 내지 못하고
떠나갔구나
너를 품에 부둥켜안고
엄마는 너무 울어서 얼굴이 부었단다
어미 가슴에 피멍울만 남기고
떠나간 아가야
너는 호적도 없이 태어나
출생신고도 사망신고도 없이 사라졌구나
수만리 수십만리
달리는 열차에서 태어난 아가야
너는 세상에 그 무엇도
남기지 않은 채 사라졌구나
부모 가슴에 깊은 슬픔 남기고 떠나갔구나
아빠도 할머니도
할아버지도 네 형제들도

억장이 막혀 울 기력조차 없고
눈물마저 말라버린 밤
열차는 쉼 없이 달리는데
새벽 동터올 무렵
아빠는 홑이불에 너를 고이 싸서
창문도 없는 열차의
바람구멍으로 밀어서 떠나보냈구나
아가야 불쌍한 아가야
태어나서 엄마 젖도 한번 못 먹고
엄마를 불러보지도 못하고
너는 야속하게도
시베리아 찬 바람 속으로 떠나갔구나
아가야 가여운 아가야
그로부터 수많은 세월 흘러갔지만
그날밤 내 어이 잊으리

고향 흙

할아버지는
함경도 고향 흙을 떠서
원동까지 품어 오셨다고 합니다
그 흙 속엔 조상님
피와 땀 들어 있다 하셨습니다

할아버지 병으로 돌아가시고
원동에 묻히셨을 때
아버지는 울면서 고향 흙을
할아버지 무덤 위에
뿌리셨습니다

1937년 늦가을
우리가 중앙아시아로 쫓겨올 때
아버지는 그 소란 중에도
할아버지 무덤에 가서 작별 인사 드리고
무덤 흙 떠오셨습니다

또 세월이 흘러
아버지마저 타향에서 돌아가셨을 때
우리 형제들은
예전에 아버지가 갖고 오신 원동의 흙을
아버지 무덤 위에 뿌렸습니다

고향 흙은
내 아버지와 할아버지의 몸
그분들의 피와 땀 고스란히 무르녹은
사랑과 아픔과 눈물의
역사입니다

열차 사고

1937년 11월
강제이주 피눈물
통곡이 쏟아지던 늦가을
바람 찬 연해주
하바롭스크 베리노 역
이주민 태운 505 열차가
마주 오던 열차와 정면충돌했다

이날 사고로
이주열차 일곱량이
탈선해서 완전 뒤집혔고
스물한명이 현장에서 즉사했으며
쉰명이 크게 다쳤다

첫돌 지난 최표도르
네살바기 남동희
그리고 여섯살짜리 김바르바라
한창 꿈 많은 열여섯살 소녀

김예카테리나
그 친구 박유라 등등
주로 어린아이들과 늙은이들이
어이없는 먼 길 떠났다

이 무슨 참변인가
누가 이들의 마지막 길에
꽃이라도 바치고 울어줄 것인가
이 슬픈 일도 묻히고
이주열차는 줄곧 이어졌다

떨어진 아기

초겨울이라
눈도 내려 쌓였지
열차가 서면서 급제동하면
칸과 칸이 부딪쳐
엄청난 쾅 소리 나고
모든 칸의 문은 열리었다네
열차 안 물건들
그때마다 떼굴떼굴 굴러 쏟아졌지
이 때문에 사람들은
모두 문 쪽에 몰려 있었어
어느 역이던가
새벽에 열차가 도착하면서
쾅 소리 났는데
앞 칸에서 허연 덩어리 하나 튀어나와
철도 눈 더미에 떨어졌어
보니 포대기에 싸인 젖먹이야
아기 울음 들리더니
젊은 어미가 비명 지르며 뛰어내렸어

눈 더미의 아기를 냉큼 안았는데
돌연 아기 울음 끊어졌어
모두들 그 아기 죽었는가 했는데
보니 엄마 젖 빨고 있었지
참 다행이었어
그 아기 살았으면 지금
여든이 넘었을걸

깔밭*의 참변

열차 바닥에
뚫어놓은 작은 구멍
거기 쪼그리고 앉는다는 게
죽기보다 싫었다
여자니까
내가 무슨 짐승인가
몇시간을 그렇게 조바심치며
참고 또 참았는데
어느날은 무슨 일인지 열차 서고
문도 열렸다
아휴 다행이구나
이것저것 가리지 않고
여인들은 철로 옆 깔밭으로 뛰어들었다
하나가 뛰니 여럿이 우르르
한꺼번에 들어갔다
흰옷 입은 여인들 깔밭 사이로 보였다
아, 바람도 시원해라
그때 돌연 총소리 탕탕 들렸다

탈주로 착각한 소련 병사
따발총 갈겨버린 것
여인들 비명 속에 모두 쓰러지고
깔밭은 피로 물들었다
딸 이름 부르며 통곡하는 가족들
잠시 뒤 열차는 떠났다
마치 아무 일도 없었다는 듯
기적 소리 울리며

* 고려인들이 갈대밭을 이르는 말.

가장 비통한 그림

그렇게 앓는 몸으로
수만리 먼 길 떠난다는 게
처음부터 무리였다

온몸에 홍역 번져
울긋불긋 열꽃이 만발하던
세살배기 삼대독자 표도르가 죽었다

마지막은 할배 품에서
가쁜 숨 몰아쉬다가 축 늘어졌다
눈가엔 눈물 맺혔다

한 가문의 대가 끊어진 시간
무정한 이주열차는 쉼 없이 달리고
할배는 죽은 손자 이틀이나 껴안고 있었다

차가 벌판에 잠시 섰을 때
할미는 할배 품에서 손자 빼내어

철둑 가 눈밭에 묻었다

아리랑의 힘

강제이주
열차를 한달이나
타고도 버틸 수 있었던 것은
바로 아리랑의 힘
절망의 아득한 벼랑 끝에서
나도 모르게 입에서 터져나온 노래
아리랑 눈물의 아리랑

감옥 열차로
연해주에서 중앙아시아까지
드디어 도착한 우슈토베
다시 말수레에 실려 바슈토베까지
때는 동지섣달이라
우선 땅굴 파서 바람 피하고
마른 갈대 베어다 굴 앞에서 태우며
이듬해 봄부터 농사 시작했어

땅심이 약해서 거름 넣고

석삼년 지나서 벼농사 열었지
연장이 마땅찮아
농수로는 그냥 손으로 팠다네
땀 흘려 일할 때도 언제나 아리랑

이렇게 지은 벼가
해마다 구월이면 황금물결
쌀과 채소는 먹고 남아
시장에 내다 팔았지
눈물로 일군 논밭 물끄러미 바라보면
어디선가 들려오는 아리랑

카레이스키*

1937년 가을
연해주의 카레이스키들
이십만명이 벌벌 떨며 끌려간 곳
블라디보스토크 부근 라즈돌노예 간이역
이곳에서 무려 한달을 달렸다

지붕도 없는
가축 수송 열차 한칸에 다섯 가족
서른명이 함께 뒤엉겼다
짐짝이 따로 없고
온몸에 비바람 눈보라 쏟아졌다

바깥출입은 엄격히 통제
어딘지 모를 곳으로 밤낮없이 달려갔다
앓는 아기와 노인들
추위와 굶주림에 그대로 죽어나갔고
시신은 흰 천으로 둘둘 말아
차 밖으로 던졌다

이렇게 수만명이 죽었는데도
소리 내어 울지 못했다

눈앞이 지옥이었다
한달 만에 모래벌판 먼지 속에 버려져
눈물조차 말라버린 카레이스키들
손으로 토굴 파서
그 바닥에 갈대 깔고
모진 겨울 났다

산도 물도 낯선 카라간다
우슈토베 바슈토베 크질오르다
알마티 타슈켄트 쿠스티나이 사마르칸트
풀씨처럼 흩어진 고려인들
이렇게 피눈물의 역사 시작되었다

* 러시아를 비롯한 독립국가연합 전체에 거주하는 한민족을 통칭
하며, 고려인이라고도 한다. 어법상으로는 카레이츠가 정확한 말
이다.

삭사울*

가진 것
모조리 빼앗기고
이룬 것 덧없이 날아간 뒤
우리는 한달 넘도록 끌려와
이곳 키질쿰 사막 한가운데 버려졌네
메마른 모래벌판
종일 푸석한 먼지 날리는 곳에
우리는 버려졌네
서로 껴안은 채 밤 지내고
드디어 날 밝아 주변 둘러보니
이 척박한 곳에도 듬성듬성 나무가 있네
잎도 없이 앙상한 가지와
푸석한 줄기로
비루먹은 개처럼 깡마른 나무가 있네
바람 불면 싸싸 소리도 내는
아, 삭사울이었네
그 모습 그대로 수천년을
여기서 이 악물고 견디어왔다네

그걸 베어다 모닥불 피우고
이웃들과 한밤의 추위도 녹였네
가장 힘든 터전에
뿌리 내리고 아주 더디게 자라는
저 삭사울 보네
살아가는 일이 죽기보다 어려울 때
삭사울은 늘 소곤거렸네
나도 여기 이렇게 버티고 있는데
이제는 힘들다고 하지 마
키 작은 삭사울은 나직이 소곤거리며
힘 보내주었네

* 비름과의 떨기나무. 일명 사막나무라고도 한다. 극단의 건조와 영
  양결핍을 잘 견디는 모래땅 식물로 키는 3미터 정도이다. 중동과
  중앙아시아 사막 지역에 분포한다.

김텔미르의 고백

혁명가이던
내 아버지 김아파나시는
강제이주 부당 대우 항의하다
반혁명분자로 몰려
총살당했고 하바롭스크에 묻혔다
상심한 어머니는
열차에서 죽어 머나먼 크림주 옙파트라에
일찍 죽은 형님은
연해주 크라스키노 촌에 있고
강제이주 전에 돌아가신
할아버지는 연해주 수하놉카 촌에
우리 가족이랑 같이 끌려오신 할머니는
카자흐스탄 침켄트에 묻혔다
외할아버지는 머나먼 우즈베키스탄
타슈켄트주 미르자 촌에
외할머니는 타슈켄트주 사마르스코예 촌에
묻혀 계신다 못 가본 지 오래다
내 부모 형제 무덤이 이토록

연해주 중앙아시아 그 멀고 먼 곳
사방에 흩어져 있으니
명절이 되었지만 나는 어딜
어떻게 찾아가야 하나
음식 장만해서 제상 위에 차려놓고
나는 그분들 이름 부르며
눈물만 흘린다

송희연의 회고

떠나는 사람들
하나같이 말이 없고
슬픈 얼굴에는 눈물만 가득
이 북새통에도 우리 아버지는
할아버지 무덤에 가서
절 드리고 흙을 떠서 손수건에 담으셨다
아, 고향이란 무엇인가
이 흙을 가져가서
무얼 하시려는 것일까
타슈켄트 역에 열차가 잠시 섰을 때
몇 가족이 내려서
더 못 가겠다며 버티었다
어디서 나타났는지 소련 병사 몇놈
칼 꽂은 총으로 겨누며
속히 차 타라고 매섭게 소리쳤다
항의하던 사람들
순식간에 조용해지고
열차는 다시 굴러가기 시작했다

이렇게 마흔날을 달려
카자흐스탄 우랄스크에 도착했다
거기가 끝이 아니었다
소달구지로 다시 백 킬로 가서
낯선 야와르쩨워 촌으로 실려 갔는데
바닥에 짚 깔아놓은
소와 양이 살던 헛간 외양간이
앞으로 우리 살 집이었다

시인 연성용*의 회상

어느 역이던가
이주열차 타고 오던
한 노인이 호송관 놈에게
발길질당하고 채찍으로 맞았네
이 광경 지켜보던 한 청년
호송관 놈의 따귀 후려쳤다네
끌려간 고려인 청년
다시 돌아오지 못했다네
나어린 아내는
남편 찾아 헤매다 객지에서 죽었네
부모 잃은 아이 남아서
할아버지 할머니랑 세 식구 살았네
그런데 그 아이 학질 걸렸네
시름시름 앓다가
기어이 죽고 말았네
억장 무너진 할아버지는
차디찬 땅에 손자를 묻은 뒤
넋 놓은 채

먼 하늘 바라보았네
잠시 뒤 할아버지는 피를 토하고
손자 무덤 위에 엎어져
그대로 숨 끊어졌네
놀란 할머니 남편 시신에 엎드려
흐느껴 울었네

* 우즈베키스탄과 카자흐스탄의 고려인 극장 연출자이자 시인. 고
  려극장의 설립과 운영에 깊이 관여했던 대표적인 고려인 예술가
  이다.

김연옥의 증언

이주령 내린
바로 다음 날 새벽
우리 마을 고려 사람들은
화물선으로 나홋카에 실려 왔다
거기서 나흘을 굶었다
나 살던 꼬지미 마을이 몹시 그리웠다
닷새째 되던 날
사람들 모두 가축 수송 열차에 탔다
소똥 말똥 냄새 코를 찔렀다
화장실 없는 찻간에서
참고 참다가 바닥에 싸는 이도 있었다
악취와 불결 속에 찡그려졌다
우수리스크 하바롭스크
이르쿠츠크에 잠시 차가 섰지만
바깥출입 금지라
문틈으로만 그저 내다보았다
사방은 추웠고
모두가 콧물 기침 콜록거리며 앓았다

노인과 아이들이
먼 길에 먼저 지쳐 늘어졌고
식량 부족에다 몸에는 이가 바글바글
판자 틈으로 바람 들이쳐도
껴입을 의복도 이불도 없었다
내무인민부 경비 놈이 칸칸이 타서
감시의 눈초리 번뜩였다
환자 생기면 즉시 들것에 실려 나가
다시는 돌아오지 않았다
아파도 아픈 내색 하지 않았다
주로 아이들 많이 죽었다

윤왈렌친의 회고

내 아버지는 윤경팔
블라디보스토크에서 이발사였다
내 어머니는 허름한 상점 판매원 천안나
누나 예카테리나와 할아버지 할머니 여섯 식구
그때 나는 첫돌을 막 지났다
연해주 고려인들 일본 간첩이라고
나쁜 소문 돌았다
어느날 우리 가족
영문도 모르고 역으로 끌려가
화물열차에 실렸다
바닥엔 짚을 깔아 누웠고
여러 가족이 짐승처럼 뒤엉겨 갔다
노인들은 판자 침대 엮어 그 위에 모셨지만
삭풍은 문틈으로 들어오고
할아버지는 온몸 불덩이로 앓으시더니
기어이 달리는 열차에서 숨 거두셨다
아버지는 울면서 이불 홑청으로
할아버지 시신을 둘둘 말아

열차 밖으로 던졌다
할아버지 무덤은 시베리아 철도
이렇게 한달을 달려서
겨우 도착한 카자흐스탄 카라간다
깜깜한 밤이었다
트럭은 우리를 싣고 허허벌판에 내려놓았다
아이와 여자들이 추위에 떨자
그 주변을 남자들이 빙 둘러서서
밤을 새웠다
이튿날 카자흐 사람들이 우리를 구경 왔다
원동에서 식인종 왔다고 쑤군댔다
불쌍한 고려인의 삶

디아스포라

말하지 말라
왜 이곳까지 끌려왔는지
고향 이야기 따위는
아예 꺼내지 말라
어제도 오늘도 흔적 없이 사라지는
그 사람들은 전혀 잊어라
떠나온 연해주
빼앗긴 자유 강제이주 입에 담다가
그들은 붙잡혀 갔나니
오직 땅과 곡식
먹고사는 일만 생각하라
봄이면 씨 뿌리고 가꾸고 거두는
그 하나만 애쓰고 노력하라
할 수만 있다면
아이들 고려말 고려 풍습 가르치고
고려 음식 잊지 않게 하라
태어난 곳 고향 아니고
새로 정붙여 사는 곳이 고향임을

아이들이 알게 하라

외롭고 힘들 땐

이웃들과 함께 모여

고려 음식 만들어 먹고 어울려라

정 못 참겠거든 아리랑 노래 살짝 불러라

언제 어디서 살더라도

우리가 고려 사람인 것을

잊지 말라

토굴집

우슈토베 거친 황야
타르박*이 고개 쏙 내미는 언덕에
자세히 보니 무언가 있네
땅 표면에 얼기설기 엮은 갈대풀
그 위로 흙 덮었으니 지붕일세
원동 나제진스크 역을 떠나
한달간 짐승처럼 실려 온 이주열차
거기 내린 고려인들
집도 절도 잘 곳도 없었네
반겨 맞아주는 어떤 이도 없었네
그날밤은 그대로
그냥 쪼그려 앉은 채로
꼬박 밤새웠네
모질게도 추운 밤이었지
가슴 앓던 칠복이 녀석
그날밤에 기어이 죽고 말았어
등과 어깨엔 하얗게 서리 내렸네
날 밝으면서 토굴을 팠네

두더지처럼 땅 깊이 파고 또 파서

바닥엔 마른 갈대 깔았지

외풍 막느라 입구는 최대한 작게

완전 짐승 토굴이었어

카작스탄 마른 추위 말도 말아라

견디다 못해 흙 반죽으로 구들장 구워

온돌방 만들었네

굴뚝도 길게 뽑아 군불 넣으니

그제야 등도 따뜻 맘도 따뜻

모든 게 낯설기 짝이 없는 타향에

정붙이기 시작했네

* 타르바간. 다람쥣과에 속하는 대형 설치류의 일종. 알타이산맥, 시
베리아 동부, 몽골 등지에 서식한다.

신순남* 화백

우리는
노예였습니다
노예에겐 민족도 이름도
필요 없습니다
내 그림에 나오는 모든 고려인은
얼굴이 없습니다
왜냐하면 그들은 노예이기 때문입니다
정거장에 대기 중인 이주열차
출발 서두르던 기적 소리
장총을 멘 소련 병정
그 살벌한 눈초리
그 앞을 이리저리 허둥지둥
잔뜩 겁먹고 불안한 표정의 사람들
너무도 무거운 침묵의 빛깔
죽어가는 가족 옆에서
흐느껴 우는 사람들
하늘을 향해 두 손 뻗고
절규하는 남정네

일렁이는 촛불 슬픈 만장

하얀 옷과 수건 두른 고려 여인들

죽은 아기를 가슴에 품은

젊은 어미의 통곡

이불 홑청에 둘둘 말린 채

나란히 누워 있는 망자들의 행렬

내 그림 보고 있으면

어디선가 들려오는 소리가 있습니다

가슴이 찢어지는 레퀴엠

진혼곡입니다

* 아홉살 때 강제이주열차를 타고 연해주에서 우즈베키스탄까지 끌
  려갔던 경험을 바탕으로 평생을 핍박받는 한민족 수난사를 작품에
  담아서 표현했던 고려인 화가. 러시아 이름은 니콜라이 세르게예
  비치 신. 영국 BBC로부터 '아시아의 피카소'라는 격찬을 받았다.

고려말

어려서부터
난 고려말만 했소
세상이 온통 바뀌어서
일본말 로씨야말 대세라 하지만
고려 사람이 고려말 하지
달리 무슨 말 하갔소

원동에서 살 적에
우리 가족 싹 고려말 했소
밖에 나가도
나이 먹은 사람들 모두 고려말 했소
길에서 고려 노래 들으면
눈물 핑 돌았소

어느날
이주열차에 짐짝처럼 실려
카작스탄으로 왔소
이곳 학교에서도 처음엔 고려말 썼는데

언제부터인가 고려말
금지시켰소

고려말 교육 사라지고
온통 로씨야말만 배우도록 했소
아이들과 젊은이
아무도 고려말 모르오
고려 사람이 고려말 못 쓰니
이제 고려는 어디에

깔밭

도착해서
사방 둘러보니
농사라곤 없고 온통 깔밭
집 지어준다던
소련 놈들 여기엔 꼴도 보이지 않고
우린 황무지에 내버려졌지
잘 곳이 없어
모래땅에 토굴 파고
깔과 나뭇가지 꺾어 와 위에 덮었지
그해 첫겨울 이렇게 났어
아버님은 토굴 속에서 숨 거두셨고
남은 가족
배고파 우는 아이
이렇게 아슬아슬 겨울 나고 봄 되었어
물 고인 웅덩이 보고
볍씨 봉지 열었지
맨손으로 깔밭 걷어내고
그 자리에 태운 갈대 재 뿌리고

물길 끌어당겨 논 풀었어
인정 많은 카작 사람 우즈벡 사람
하나둘 친구 되었지
그간 겪은 온갖 풍파 곡절
어이 낱낱이 끌러놓을 수 있으리
아픈 기억일랑 가슴에 묻고
좋은 일만 생각하며
이 험한 세상 살아갈지니

분서갱유

카자흐스탄
크질오르다사범대학은
1937년 원동고려사범대학이
옮겨 와서 만든 대학
강제이주 시절에 대학도 따라왔네
전체 교직원들
희귀한 도서관 귀중 자료를 어렵게
크질오르다*로 옮겨 왔는데
소련 정부는 이 대학 초대 학장으로
유태인 솔로몬 리프킨을 앉혔네
리프킨은 대학 화부에게
모든 조선 책 불태워 없애라고 지시했다네
물론 정부의 비밀 명령이었지
고려의 모든 흔적을
일절 지우고 말살하려는 속셈이었어
현대판 분서갱유
우연히 이를 눈치챈
고려인 리파벨 교수가 깜짝 놀라

불타기 직전의 조선 책 여섯 상자를

몰래 빼돌렸다네

연해주 고려인도 내쫓았고

그들 갖고 온 책도 태워 없애라 했고

고려말 수업까지 금지시킨

폭군 스탈린

* 카자흐스탄 중남부 크질오르다주의 주도(州都). 시르다리야강 연
  안에 위치해 있다. 도시의 대부분이 아랄카라쿰, 키질쿰 사막 위
  에 건설되었다. 강제이주 이후 고려인들의 중심적 터전으로 자리
  를 잡았다.

시르다리야*

비행기 창문으로
구불구불 흘러가는 시르다리야
저 피눈물의 강 보이네
강은 도망치는 뱀처럼
이리저리 뒹굴며 대초원 헤매는데
그 언저리 물가에
크질오르다 자리 잡았네

머나먼 동쪽에서 쫓겨온
고려인들 새 보금자리 닦은 곳
그곳은 시르다리야
큰 강이 젖줄처럼 흐르는 곳
시르다리야 네 고향은
종일 이마에 눈 얹은 천산산맥
너는 어제도 오늘도
카자흐스탄 서부의 대평원 적시며
너를 자식처럼 기다리는
저 바다 아랄 어머니로 돌아가는데

우리 슬픈 고려인은
살던 집도 절도 다 빼앗기고
그 누구 반기는 이 맞아주는 이 없이
연해주에서 이 아득한
중앙아시아 벌판까지 끌려왔구나

대체 누가 그랬나
우리 고려인을 누가 그리도 미워했나
말해다오 시르다리야
너는 그 사연 알고 있겠지
하지만 입 다물고
제 앞길만 가는 시르다리야

* 키르기스스탄의 천산산맥에서 발원한 카라다리야강과 나린강이
합류해 우즈베키스탄의 페르가나 계곡을 흘러 카자흐스탄 평원을
지나 아랄해로 들어가는 중앙아시아의 주요 강 가운데 하나다. 시
르다리야강의 하구는 한때 세계 면적 4위의 호수에 해당할 정도
로 컸던 아랄해이다.

내 친구 막심

그날밤
열차가 종착역에 도착하고
다시 트럭 짐칸으로 옮겨 탔지
날 밝기도 전
우리는 허허벌판에 버려졌어
거기 그대로 웅크린 채
모진 찬 서리 맞는데 날 밝아왔네
카자흐 사람들 팔짱 끼고
우릴 수상한 눈길로 지켜보는데
그때 언덕 너머로
나귀 방울 소리 들려왔네
우리 온다는 소식 듣고
밤새도록 가족들과 빵 구워 담은 자루
식지 않도록 이불로 덮어
나귀 등에 싣고 온
카자흐 사내 막심 아크바로브
내 가족 위해 자기 집도 냉큼 비워준
친형제보다 더 깊이 정든

카자흐 사내
원동에서 온 고려인에겐
말도 붙이지 말고
음식도 베풀지 말고
최소한의 접촉도 하지 말라던
당국의 지시 묵살하고
무엇보다도 인간의 도리 막중히 여기던
막심 아크바로브
내가 그 낯설고 적막한 카자흐에
수십년 정붙이고 산 건
순전히 내 친구 막심 덕일세

콜호스*

우리는
어딜 가도 걱정 없어
왜냐하면 고려인이잖아
앓는 아이 늙은 부모 생각하면
몸 힘들고 마음 시리지만
척박한 모래땅에서
이마에 손 얹고 사방을 둘러보니
저기 강이 보이네
시르다리야라네
천산의 눈 녹아 내려오는 물이라네
저 물 당겨서 농사지으면 돼
걱정하지 마
처음엔 힘들겠지만
곧 이 들판을 황금빛으로 바꿀 거야
우리가 고려인이기 때문
곡식 소출 많이 하면
소비에트도 놀랄 거야
숩호스도 콜호스도 겁낼 거 없어

그냥 내 앞에 닥친 일

해치우면 돼

걱정 근심이 더 두려운 적이야

우리끼리 손잡고

뜻 모으고 굳게 굳게 살아가면 돼

걱정 마 잘될 거야

* 소련의 집단농장 체계. 국영농장인 솝호스와 달리 반관반민 협동
  조합 형식을 띠고 있는 콜호스는 콜렉티브노예 호자이스트보의
  약칭으로 '공동경영', '집단농장'이라는 뜻이다.

일벌레

고려인은
죽도록 일만 한다고
카작 사람들은 자꾸 놀리네
날 새기도 전
들에 나가 갈대숲 베고
축축한 늪은 말리고
땅 파 일구어 거기 씨 뿌리고
집 짓는 데 가서 도와주고
주야장천 일은 밀려 눈코 뜰 새 없는데
그중 가장 힘든 건 김매기
뜨겁게 달아오른
무논에 발 잠그고 허리 구부려 김매면
땅의 열기 솟아올라
숨조차 쉬기 힘들었지
부어오른 팔다리에 피고름 나면
약도 없이 농기계 윤활유 발라
문질러댔어
한여름 목화밭 일은 다신 안 하고 싶어

생각만으로도 지긋지긋
이런 고생 고통을 누가 알까
다 망가진 몸으로 받는
노력영웅 훈장이 무슨 쓸모 있으리
오로지 일에 매달려
가슴속 피멍을 잊으려 했으니
우리는 놀리는 말 그대로
일벌레였어

고려인 마을

카라탈스크
원동 마을은 고려인 마을
이 터전에서 자라난
아이들 카자흐에서 이름 떨쳤다
하지만 갈대밭을 옥토로 바꾸었던 부모들
모두 세상 떠나고
더이상 농사짓는 후계자 없다
여기 고려인들
도시로 더 큰 곳으로 하나둘 떠나고
농촌은 텅텅 비었다
한때 북적이던 원동학교도
카자흐식으로 이름 바뀌었고
전교생 중 고려인은
고작 서른명
태극기와 단군 초상 걸린
한국어 교실 있지만 서너 아이 공부 중
뒤에는 북과 장구 있으나
그걸 만지는 아이 전혀 없다

이곳 고려 아이들은
고려말 모른다
그 옛날 콜호스의 영광
들판을 황금물결로 바꾸었던
고려인의 빛과 영광은
다 어디 갔나
원동에서 이 먼 곳까지 떠밀려와
새로운 터전 이룩했건만
이젠 그 고려 사라지고 있구나
어디 가서 고려 찾을까

고려극장

세월도 가파른 1932년
연해주 블라디보스토크에서
첫 무대의 막을 올린 고려극장
그간 얼마나 숱한 곡절과 파란을 겪었던가
한민족의 역사와 전통이
흐려져가는 걸
두 손으로 붙잡아 일으켜 세우고
지친 고려인들로 하여금
한국인이라는 긍지와 자부심 갖게 하던
고려극장의 찬란한 활동이여

우리 민족이 연해주에서
중앙아시아로 강제이주당할 때
고려극장도 극장의 배우들도
이삿짐 꾸려 먼 길 떠나왔나니
카자흐 우즈벡 여러 지역
황량한 벌판에 풀씨처럼 흩어져
살길 막연하던 고려인들

다시 살아보려 이 악물고 일하던
우리 수십만 고려인 마을과 콜호스를
일일이 찾아가서 위로 격려하고
멋진 순회공연 펼쳤으니
장하도다 고려극장이여 단원들이여

크질오르다에서 알마티로
봇짐 싸서 옮긴 터전 그 몇번인가
태장춘 리함덕 연성용 강태수
그리고 더욱 많은 배우들 이름은
이제 찬란한 별이 되었네
대한독립군 총대장도
이 고려극장 수위 하셨다지
그 늙은 수위는 극장에 숨어든 도적들과
맞서 싸우다 몸도 다치셨다지
이 푸른 전설과 신화 한껏 머금은 채
고려극장은 오늘도
개막의 징소리 우렁차게 울린다

고려일보

어떤 민족이건
정신문화의 뿌리 약하면
현지 민족문화에 쉽게 동화되는 법

지난 백년 세월
원동에서 중앙아시아로 자리 옮겨가며
선봉 레닌기치 고려일보
이렇게 간판 바꿔 달며 지켜온
고려인 민족 언론 있었네

소비에트의 그 혹독한
탄압과 멸시 차별과 냉대 무릅쓰고
기어이 지켜온 겨레의 전통
문화와 언어의 갈무리

넓은 곳으로 뿔뿔이 흩어진 사람들
하나로 뭉치게 이끄는 단합
교재 없는 학교에선

이 신문 받아보며 한글 공부 했다네

오랜 세월
그토록 아름답고 소중한 노력 이어온
참 빛나는 신문 잊어선 안되네

카자흐스탄 알마티
고려일보 입구 돌계단 올라가며
이 신문 걸어온 험난했던 길
하나씩 떠올려보네

카레이스키 샐러드

어딜 가도
잊을 수 없는 채소
텃밭에 씨 뿌려 모종 가꾸고
그 모종 가지런히 심어
토실토실 살 오르면
보기도 이뻐라
쓰다듬으면 푸르고 싱싱한 기운
흙 털고 잎 씻어
소금에 절인 다음 물로 씻고
마늘 고춧가루
새우젓 멸치젓국에
잘게 채 썬 무랑 오물조물
양념 비벼 넣고 차곡차곡 쌓으면
빛깔도 발그레 고운 김치
카레이스키 샐러드
머나먼 중앙아시아 우즈벡
타슈켄트 시내
쿠일륙 바자르* 들어가니

너무 정겨운 얼굴의 우리 고려 여인들

반가워서 다가가 말 붙이니

한국말 전혀 모르는

3세 여인들

눈엔 뚜렷한 반가움 담고 있지만

말 안 통해서 갑갑

옆에 있던 팔순의 고려 할머니

투박한 함경도 말로

웃으며 한마디 던지시는데

반갑소 이거 맛 좋소

농사했지비

* '바자르'는 원래 이슬람 문화권에서 향료와 직물, 소금이나 금 등
을 교환하는 가게가 밀집한 지역이었으나 현재는 일반적으로 시장
을 가리킨다. '쿠일륙'은 '양들이 많이 있는 곳'이라는 뜻이다. 그
래서인지 이곳에는 양고기 도매상이 특히 많다.

예조프의 이주명령서

수신: 알마아타 내무인민위원부 자린
  타슈켄트 내무인민위원부 자그보그진

소비에트연방
인민위원회의 명령은
원동구로부터
일본 간첩 침투를 저지하기 위해
고려인을 남카자흐스탄주
카라간다 발하슈
우즈베키스탄공화국 일대로
각각 분산 이주시킨다는 취지로 채택되었다
이후 즉각 착수하며
1938년 1월 1일 전까지 완료한다

1937년 8월 24일
이주 집행 책임자 예조프

이 한장의 문서로

이십만 고려인이 짐승처럼 끌려갔고
이만명이 열차에서 죽었다

스탈린의 이주명령서

소비에트연방 인민위원회와
전 소련공산당 중앙위원회
명령 No.1428-326cc

원동구 국경 지역으로부터의
고려인 이주에 대해
인민위원회와
전 소련공산당 중앙위원회는
다음과 같이 명령한다
원동 지역에서 일본 간첩 활동 방지를 위해
다음과 같은 방침을 실시한다

1. 원동 국경 지역의
   모든 고려인을 이주시킬 것을
   원동 지역 전 소련공산당과
   원동 지역 내무인민부에 제안한다.
   이주 전 지역:
   포시에트 몰로토프 그로제코보 한케이

호롤 체르니고프스크 스파스크 슈마코프스크

포스티셰프스크 비킨스크 바젬스크

하바롭스크 수이푼스크 키로프

카티니트스크 라조 스바보드넨스크 블라고베센스크

탐보프스크 미하일로프스크 아르하린스크

스탈린스크 블류헤로보

이주 후 지역:

남카자흐스탄주 카라간다 발하슈

우즈베키스탄공화국 일대

이주는 그로제코보 지역에 인접한

포시에트 지역에서 시작된다

2. 즉각 이주에 착수하여

1938년 1월 1일 이전에 완료한다

1937년 8월 21일

소비에트연방 인민위원회 의장 몰로토프

전 소련공산당 중앙위원회 서기장 스탈린

슬픈 틈새

제2부

슬픈 틈새

한해의
절반이 겨울인 섬
추방당한 러시아 죄수들과
혁명가들이 귀양살이하던 섬
작가 안톤 체호프가
석삼년 거기 갇힌 뒤
슬픈 틈새라 불렀다던 섬
일본과 러시아가
서로 뺏고 뺏기는 전쟁으로 얼룩진 섬
저 모진 일제가
식민지 땅에서 수많은 한국인
강제징용으로 끌고 와
마구 부리다가
패전 후 그냥 버리고 떠난 피눈물의 섬
그 한국인들 날마다
바닷가에 나와 고향 이름 부르다가
끝내 못 돌아가고
러시아 사람 되어버린 섬

줄곧 엉거주춤 살던 어느날

머나먼 중앙아시아로 강제이주된

기막힌 디아스포라의 섬

그 흥건한 눈물 먹고

쑥쑥 자라서 온 섬 모두 뒤덮은

하얀 자작나무 섬

시련과 포기와 그리움만 어룽대는

그 이름 화태* 가라후토

사할린섬

* 화태(樺太)는 사할린의 일본식 명칭 가라후토를 음차(音借)한 것
  이다.

강제징용자

일제 말
남사할린 탄광촌 브이코프
조선인 징용자 천칠백명
이곳으로 끌려와
강제 노역에 시달리던 곳
거의 경상도 전라도 농민들
북조선 사람 데려오면
평안도 함경도 군수공장 안 돌아가니
남조선 사람만 끌어왔지
부산에 집결해서
관부연락선으로 시모노세키
다시 열차로 갈아타고
나고야 거쳐서 저 북쪽 홋카이도
하코다테까지
거기서 다른 배 타고
사할린섬 코르사코프까지
이렇게 숨 가쁜 일정이
무려 보름날

곧 돌아오리라던 작별이
영원한 이별 되고 말았구나
만리타향에 뼈를 묻은
애달픈 그대 이름 강제징용자여
오늘은 어디서
고향 이름 목 놓아 부르며
울고 다니는가

하늘 끝

내 고향은
경상북도 군위 대북리
일남 오녀 중 막내딸이었소
위로 세 언니는
모두 먼 곳으로 시집갔다네
첫째 언니는 강원도
둘째 언니는 사할린 땅
내 아버지랑 셋째 언니는 일본으로
텅 빈 고향 집엔
어머니랑 넷째 언니
그리고 나랑 남동생까지 단 넷
일본 머물던 아버지는
노무자 모집에 속아 사할린 가셨고
우리는 일본 거쳐서
아버지 뒤따라 사할린으로 왔어
풀씨처럼 흩어진 가족들
하늘 끝 저 수평선 너머에 있다는
그 사할린에서 평생이 갔소

일본 있는 셋째가 너무도 그리워
밤낮 창가에 붙어 서서 흐느끼던 어머니
기어이 못 만나고 돌아가셨어
탄광에서 일하던 우리 남편
섣달 그믐날만 되면
이불 속에서 흐느껴 울었어
너무도 고향 그리워서

이중징용*

한번 끌려온
징용도 치가 떨리는데
그걸 무려
두차례나 당하고 말았으니
일제는 취직이라 속이고
조선 농민들 끌고 가
사할린 탄광에서 강제노동 시켰지
전쟁 말기 드센 미군 폭격으로
석탄 수송 어렵게 되자
우리 십오만 사할린 징용자들을
일본으로 끌고 가서
여러 광산 탄갱으로 들여보냈어
지옥 같은 노역장
못 견디고 탈출하면
사냥개 풀어서 잡아다 총살시켰지
들판에 그냥 비렸어
바다로 도망친 사람들
헤엄치다 기진해서 많이 죽었어

동료들이 몰래
시신을 묻고 돌멩이로 표시했지만
거기가 어딘지 이젠 몰라
찾지 못한 무덤 수없이 많지
그로부터 수십년
저 왜놈들 아무런 반성도 사과도 없고
징용 명단 숫자는커녕
강제징용은 없었다고 발뺌
눈비 오는 날
억울한 혼령들은
일본 열도 여러 들판을
꺼이꺼이 울면서 서성일 거야
우리를 잊어선 안돼
우리 가슴속 원한 달래줘

* 일본의 석탄 생산량을 늘리기 위해 사할린에 강제징용 와 있던 조
  선인 노동자 만여명을 다시 일본으로 끌고 갔던 일.

코르사코프 항구

전쟁 끝나고
드디어 일본 배 왔다
사할린 코르사코프 항구는
감격에 들끓었다
드디어 고향으로 돌아간다고
강제징용으로 끌려왔던
그 많은 한국인들
모두 부둣가로 몰려들었다

살던 집도 버리고
채소밭도 연장도 그대로 버려둔 채
봇짐 하나 어깨에 달랑 매달고
수백리 밖에서 달려왔다
귀향의 꿈과 기대에 부풀어
애타게 줄지어 섰건만
야속한 일본 배는
왜놈들만 싣고 돌아갔다

'조센징 배'는
뒤에 온다고 했는데
아무리 기다려도 소식 없었다
넋 놓고 수평선만 바라보던 사람들
얼어 죽고 굶어 죽고
또 더러는 미쳐서 죽었다
저 연어들도 고향 찾아오는데
나는 반드시 내 고향 가고 말 거야

날마다 실성한 몰골로
항구 거리를 헤매던 사람들
수평선 바라보다 죽었다
그들은 항구의 서쪽 언덕에 묻혔다
공동묘지에 달 뜨면
누웠던 사람들 일제히 일어나
멀리 한반도 고향 하늘을
서럽게 바라보노니

홀아비 무덤

사할린
공동묘지엔
홀아비 무덤 유난히 많네
끝까지 귀향의 끈 놓지 않고 기다리며
슬픈 심정 술로 달래다
못 챙겨 먹고 병들어 일찍 죽은
슬픈 홀아비들
고작 열아홉 스물에
고향의 처자식 작별하고 사할린 와서
평생 가족 그리움으로 지내다가
쓸쓸히 죽어간
홀아비 아닌 홀아비들
그의 내쉰 한숨은 구름 되었나
그의 흘린 눈물은 소낙비로 쏟아지나
해마다 광복절이면
무덤 찾아가 벌초하고
꽃다발 갖다 놓는 이도 있었는데
그들마저 세상 떠나니

이젠 홀아비 무덤 찾는 이 없네
인적 끊긴 무덤엔
키 높이로 자란 잡초 무성하고
비석의 사진조차 떨어져 보이지 않네
그렇게도 그리워하던
고향 못 돌아가고
낯선 땅 사할린 찬 흙에 누운 그대여
내 어떻게 하면 그대 가슴
맺힌 한 풀 수 있나

사할린 아리랑

아리랑 아리랑 아라리요
아리랑 고개로 넘어간다

십리 길 따라와 손 흔들며
우시던 어머님 모습 내 어이 잊으리

가족들과 눈물로 작별하고
나이부치 탄광에 한숨 세월 보냈네

죽기보다 더 힘들던 사할린 탄광
나라 잃은 서러움에 목 놓아 울었네

영문도 모르고 끌려온 사할린
한숨과 눈보라 속에 다 늙어버렸네

머나먼 사할린 땅 징용 끌려왔다가
또다시 중앙아시아 이주열차 탔다네

일본 놈 귀국선 운센마루는
코르사코프 떠난 뒤로 소식조차 없네

해방이 되어도 못 가는 고향
왜 속였나 이다지도 야속한 일본아

이불 밑에 숨어서 고국 방송 들었지
옛 노래 나올 땐 눈물 베개 되었네

강제징용 끌고 와 마구 부려먹고
모든 보상 끝났다며 외면하는 일본아

울면서 고향 부른 지 몇년인가
미쳐 죽고 목매 죽고 가신 임은 몇인가

꿈에도 그리던 영주 귀국 했건만
사할린 아들 손자 또 그리워 우셨네

앞마당 자작나무 함박눈 쌓일 때
한국 가신 울 아버지 별세 소식 왔다네

내 고향 지금쯤 따뜻한 봄인데
그 땅을 왜 못 가고 나만 혼자 사는가

이 가슴 쌓인 슬픔 많고도 많건만
사할린아 너는 어이 입 다물고 있느냐

아리랑 아리랑 아라리요
눈물의 고개 고개를 넘어간다

* 사할린에 강제징용으로 끌려가 평생을 눈물과 고향 그리움으로
보낸 우리 동포들을 생각하며 이 사설을 엮었다. 세마치장단으로
여러차례 부르면서 가락을 맞추고 다듬었다. 어느 소리꾼이 이 작
품을 무대 공연으로 올리게 되기를 기대한다.

두
개
의
별

제3부

자작나무 숲

모진 눈보라
비바람 견뎌온 늙은 자작나무는
난리 통에 가족을 꾸려온
내 할미 할아비

숲 일으켜 세우느라
정신없이 앞만 보고 살아오셨지
그래도 어린것 낳아 기르고
품에 보듬어 돌보셨지

그 늙은 자작나무
이젠 아랫도리 힘 다 빠져
혼자 서 있지도 못하고 휘청거리다
제풀에 쓰러지는데

깜짝 놀라 달려온
젊은 자작나무는 쓰러지는 나무를
제 어깨로 고이 받아

아기처럼 안고 쓰다듬어주네

날은 저무는데
자작나무 숲은 하얗게 빛나네
이런 사랑과 정성과 따뜻함이 있어서
더욱 고결하게 빛나네

알마티 식당

북국에 저녁이 왔다
천산의 눈 덮인 연봉들도
어미 개처럼 엎드려 눈을 감는 밤
불빛이 침침해서 서러운
허름한 카자흐 식당에서 늦은 저녁을 먹는다
피망과 당근과 오이 사이로
잘게 채 썬 고기가 촘촘히 박혀 있다
삶은 토마토가 뭉그러져
지친 자세로 접시에 누워 있다
보기는 육개장 같은데
맛이 낯설고 시큼한 수프가 왔다
주변을 둘러보니
돌궐족 카자흐족 타지크족
훈족 부랴트족 타타르족 슬라브족
온갖 민족들이 함께 어울려 저녁을 먹는다
접시에 부딪치는 포크 소리가 섧다
나는야 머나먼 남녘에서 온
외톨이 고려 사람

불빛에 우두커니 서 있는
자작나무 등걸이 저 혼자 희끗하다
알마티에 밤이 깊다

김아파나시

젊어서
권투 선수였다는
시합에서 몇차례나 우승했는지
이긴 횟수조차 모른다는
왼쪽 볼에 그때 흉터도 남아 있는
올해로 여든여섯의
1933년생 고려인 할아버지
김아파나시
앞니도 다 빠지고
작고 가느다란 몸매로
링 위에서 세월이 얼마나 흘러갔나
이 변방의 크질오르다에서
열살 때 그 무섭다는 독립군 호랑이
홍범도 장군을 만났단다
봄날 운동회였다는데
달리기에 우승한 소년에게 다가오시어
장군은 품에 꼭 안아주며
직접 연필 공책을 상으로 주셨단다

바로 그해 가을
홍범도 장군은 세상을 떠나시었다
크질오르다에서
장군을 직접 본 할아버지
김아파나시

크질오르다에서

해는 지고
첫 만남이지만
왠지 낯설지 않은
늘 지나치는 동네 노인 같은
늙은 고려인들이 하나둘 모여들었다
박넬리 이빅토르
김미하일 최알렉세이
현막심 서가이 오엘레나 허아나톨리
말은 안 통해도
굳게 잡은 두 손으로 전해오는 힘
미소로 주고받는 눈인사
우리는 안다
그 속에 반가움과 동포애와
눅진한 상호 존중 짙게 들어 있음을
점차 시간이 흘러
우리는 한민족의 본색이 드러나고 있었다
아리랑 양산도에 도라지타령
어눌한 발음으로 노래 부르는 고려인들

눈 가장자리가 젖고 있었다
기어이 우리는
함께 껴안은 채 그냥 등을 토닥였다
힘들어도 잘 이겨가세요
우리 다시 못 만나도
한국인이라는 이름 속에서 잊지 않을게요
크질오르다의 밤은 깊었다
이 밤에도 기나긴 시르다리야강은
묵묵히 흐르고 있으리라

빅토르 최*

그의 몸과 피에는
뜨거운 남사당 기질 흘렀지
일찍이 함경도에서 건너간 할아버지
원동에서 강제이주열차로
카자흐 벌판에 내팽개쳐진 아버지
그 가슴속 슬픔과 서러움 아픔과 분노를
한시라도 어이 잊을 수 있으리
어머니는 집시 혈통의 우크라이나 여자
어린 빅토르 온몸엔
번개 천둥 번쩍이고 소낙비 쏟아졌네
늘 미친 돌개바람 불었고
걸핏하면 드센 눈보라 휘몰아쳤네
청년 시절 조직한 록 그룹 '키노'
빅토르의 연주와 노래는
꽉 막힌 철벽에 대한 절규였네 함성이었네
개혁개방 요구하는 질풍이었네
전쟁에는 반대 부조리엔 저항이었네
갇혀 살던 청년들

그의 음악적 메시지로 삶의 희망 얻었네

'밤' '혈액형' '마지막 영웅'

그의 음악이 전설로 바뀔 무렵

돌연히 달려온 버스가 그를 부수었네

죽음 터에 꽃잎처럼 흩어진 유품

거기엔 녹음테이프 하나 있었으니

그걸로 '검은 앨범' 만들었네

몸 비록 세상에 없으나

음악과 영혼은 길이 살아 있지

그의 무덤에 오늘도

한송이 꽃 바치는 연인들은 알지

하늘이 한 청년 잠시 내려보냈다가

왜 서둘러 거두어갔던가를

* 구소련 시절 록 음악의 선구자. 페레스트로이카 정책의 실행으로
  구소련 사회에 개혁개방의 분위기가 급격히 전개되자 서양의 록
  음악을 소개하여 유행시켰던 전설적인 러시아의 고려인 가수.

바자르

카자흐스탄

알마티 중앙시장

물건 파는 상인들 중엔

어쩐지 친근감 느껴지는 얼굴 보인다

우리 동네 아줌마들

우리 집안의 숙모 형수 같은

낯설지 않은 얼굴들

마을회관이나 시외버스 대합실에서

흔히 대하던 얼굴들

그 표정 너무 푸근하고 좋아서

나는 일부러 말도 붙이고

흥정도 해본다

그때 툭툭 튀어나오는 함경도 말씨

한국서 왔음둥?

많이 보고 놀다 가오

우리 고려 사람 미니 만났소?

이것 좀 잡솨보오

큰 그릇에 수북이 담긴

김치 잡채 김밥

이것저것 자꾸 맛보라며 집어준다

그 말씨 그 정겨움 그 은근함이 너무 좋아

나는 일부러 바자르에

몇번이나 갔다

고려인 밥상

크질오르다
구시장 입구 2층 식품점
주인은 고려 사람 김아르카디
팔고 있는 각종 반찬들이
너무 낯익어 반갑네
이건 삶은 콩 갈아 만든 '디비'
콩나물은 여기서 '질금'이라 부르네
그러니 콩나물무침은 '질금채'라 하지

'자:이'라고 부르는 된장
'지르:이'라는 이름의 간장
경상도의 지렁 생각나서 정겨웁네
술떡은 '증펴:이'라 말하네
고춧가루는 여기서 '고치갈기'라 하고
길게 썬 미역을 '메기'라 부르네
민물고기 메기랑 겹치는데 이를 어쩌나
가장 반갑게 첫눈에 들어오는
보드카는 '수:리'라 하네

모두 함경도 말본새 그대로네

고려인 아르카디
그의 본관을 물으니 김해 김씨
그 이상은 아무것도 모른다 하네
시장에서 가까운 자기 집에
'수:리' 담가놓았다 해서 함께 갔네
아르카디 부인 이름은 반안나
벌써 상 펴고 여러 반찬 올려두었는데
'헤'라고 부르는 건 잉어무침회
우선 뽀얀 '감지'부터 나왔네

'감지'는 막걸리의 고려말
고두밥에 '사누리' 섞어 엿새 띄운 것
맥주보리 물에 담갔다가
싹 트면 말려서 가루로 빻은 것
그게 '사누리' 제조법일세
경상도 엿질금이 여기선 '사누리'일세

처음엔 단술 맛이다가
여러날 지날수록 술 향내 나네
크질오르다 고려인 밥상에는
먼 옛적 함경도 조상님
눈물과 한숨과 정성이 모두
들어 있었네

두개의 별

중앙아시아
고려인 삶의 하늘 위에
두개의 별 떠서 밤길 일러주시니
홍범도 별과 계봉우 별
연해주에서 강제로 끌려온 깊은 한을
쓰다듬고 어루만져주시고
다민족 틈에서
어찌 지혜롭게 살아갈 것인가
그 담력과 용기 일깨워주신 분이
홍범도 장군이라면
인문적 품격과 사랑 가르쳐주신 분은
바로 뒤바보* 계봉우
홍장군이 무(武)를 전담했다면
계선생은 문(文)을 도맡아서
우리 민족의 언어와 역사
우리 민족의 문학을 전파하려
불철주야 연구하고 글 쓰셨으니
선생이 낸 책과 신문 잡지 연재물의 숫자는

너무 많아 헤아리지 못했네
그리하여 홍범도 계봉우
이 두 빛나는 별은
중앙아시아 고려인 사회의 정신적 기둥
무덤마저 크질오르다
고려인 공동묘지에 나란히 묻혀서
문무겸전 이루셨나니
그 얼마나 보기 좋고 흐뭇한가

* 계봉우 선생의 필명. 선생의 무덤은 2019년 서울 동작동 국립묘지
  애국지사 묘역으로 옮겨왔다.

계봉우 옛집

크질오르다
후미진 골목길
그 모퉁이에 사셨다네
평생을 감옥으로 타국으로
바람처럼 쓸려 다니다
드디어 머물러 한곳에 자리하시니

별로 크지도 않은
낮고 자그마한 단층집
이끼 낀 목조 창문 페인트 벗겨지고
건물 외벽엔 여기저기
참으로 고단했던 당신 생애처럼
실금이 가 있네

이 낡고 초라한
집에 들어앉아 그분께서는
앉은뱅이책상 놓고
『의병전』『북간도』『아령실기』

『이두집해』『조선문법』『조선말의 되어진 법』
『조선역사』『북방민족어』
이렇게 하나같이 고귀한
원고들을 무릎 내려앉도록 썼다네

무엇보다도
어린 고려 아이들이
조선말 조선 역사 아주 잊을까봐
그게 밤낮 걱정이었다지

갈라진 창틀
이 허름한 집에서
어찌 이토록 크고 거룩한 일
이루셨을까
골목길에 서서 눈 감고
꼿꼿한 선비 진정한 학자의 위업에
묵념 올리네

김야간 여사

고려인 학자
계봉우 선생의 부인
김야간 여사
나는 이 여인을 모른다
무덤에 새겨진
수심에 찬 얼굴만 보았다
함경도 영흥에서 가시버시 되어
일평생 학자 민족운동가
국권 회복에만 온 힘 쏟는 낭군의 뒤 따라
그저 묵묵히 살아온 여인
투정인들 탄식인들 왜 없었으리
영흥에서 북간도로
북간도에서 붙잡혀 서울 감옥으로
출옥 후 블라디보스토크로
거기서 다시 상하이로
상하이에서 또 북간도로
북간도에서 연해주 스보보드니로
거기서 또 하바롭스크로

거기서 다시 치타로
치타에서 1937년 강제이주열차에 실려
중앙아시아 카자흐스탄
크질오르다로
풍운아 계봉우의 삶을 그대로 뒤따라
투옥된 낭군의 옥바라지
글 쓰는 낭군의 글바라지
병석에 누운 낭군의 병바라지
올망졸망 자라나는
자식바라지
하고많은 시간의
환한 대낮을 일부러 피한 낭군의 뒤 따라
깜깜한 밤길로만 걸어온
그 이름 김야간

홍범도 부고

홍범도 동무가
여러달 동안 병상에 계시다가
본월 25일 하오 8시에
별세하였기에
그의 친우들에게 부고함
장례식은 1943년 10월 27일
하오 4시에 거행함
부고자 : 크질오르다 정미공장
일꾼 일동

이 기사를
카자흐스탄 알마티 『고려일보』
옛날 이름 '레닌기치'
그 어두컴컴한 자료실에서
우연히 찾아내고
나는 울었다
우리 나이 일흔다섯
대한독립군 총대장 출신

장군께서는 고려극장 수위로 일하다가
극장에 든 도둑과 싸웠는데
몸을 다치셨고
그 후유증으로 앓다가
다소 몸이 회복되자
정미소 일꾼으로 또 일하다가
돌아가시었다

연극「의병들」

그 옛날
태장춘이 썼다는
연극「의병들」막이 올랐다
카자흐스탄 알마티
고려극장 소속 청년 배우들이
무대 위에서 뜨겁게 연기를 펼친다
의병과 홍대장도 있고
일본군 장교와 헌병 보조원
밀정도 보인다
홍대장처럼 콧수염 붙인 배우는
키도 크고 체구가 우뚝
보조원에게 맞아서 피투성이 된 홍대장 아내
연극인데도 분함이 치밀어
당장 보조원 놈 끌어내어 패고 싶다
모든 것이 불편하고 모자란
의병대의 산중 생활이
얼마나 힘들고 어려웠을까
의병대에 숨어든 첩자를 붙잡아 처단하는

그 장면에서 박수가 터졌다
일본아 일본아
너희가 어떤 악행을 저질렀는지
이곳 고려극장에 와서
똑똑히 지켜보아라
조선이 피눈물 뚝뚝 흘리도록 했으니
너희도 곧 우는 날 있으리

홍범도 축제

중앙아시아
친선회관 대공연장엔
크질오르다 고려인들 다 모였다
올해가 장군 탄생 150돌
무대 중앙엔
군복 입은 장군의 대형 걸개가 있다
장군은 초상 속에 비스듬히 서서
객석을 바라본다
고려인 배우와 가수들이
민요도 부르고 토막 연기도 한다
연기 속에는 왜놈 군대 무찌르는
장군의 용맹한 모습도 있다
북춤 사물놀이에
긴 상모 돌리는 청년도 보인다
출연진 속에는
금발에 눈이 푸른 카자흐족도 보인다
케이팝 흉내 내는
고려인 소녀도 보인다

옥색 치마저고리 입은 할머니 합창단은
목소리도 어쩌면 저리 고운가
공연이 모두 끝나고
전체 출연진 무대 인사 올리는데
장내엔 박수 쏟아지고
장군께서도 현수막 속에서
흐뭇하게 웃는 모습이 보였다

신 유고문(新諭告文)*
대한독립군 총대장 홍범도가 팔천만 겨레에게 이 글을 보내노라

내 이르노라

조상 대대로 살아온

이 나라 삼천리금수강산

날이 가고 해가 가면

더욱 빛나는 나라 만들어야 하거늘

너희는 어인 일로

이토록 피폐한 땅덩이 만들었느냐

이후 모든 인민이

하나로 뭉쳐서 이 땅을 빛내거라

가장 아름답고 살기 좋은

낙토로 바꾸어라

내 이르노라

백두산 상봉에 우뚝 서서

남으로 삼천리 북으로 삼천리

육천리 강토에서 기운차게 말달리던

그 씩씩하고 우렁찬

기백과 담력은 다 어디 갔느냐

그 광대한 겨레의 고토는
지금 어찌 되었나
크고 웅대한 포부를 키우고 닦아서
또다시 동북아 벌판을
말달리자

내 이르노라
가장 급하고 급한 것이
갈라진 땅덩이 하나로 되돌리는 일
원래 하나인 몸뚱이
둘로 갈라 얼마나 불구의 시간 살아왔나
잃어버린 그 세월이
얼마나 억울하고 통탄스러운가
그걸 모르고 사는 삶은 삶이 아니라네
내 비록 늙었으나
마음 아직 청춘이니
두 팔 걷어붙여 앞장서리

내 이르노라
겨레 갈라놓은 세력
그들에게 도움 준 무리들은
이 땅을 떠나거라
동포끼리 뭉치지 못하고
서로 대립 반목 시기로만 골몰하며
갈등과 분열만 뿜어대던
너희 지네 전갈
독사 승냥이 무리들은
즉시 이 땅에서 멀리 떠나거라
가서는 영영 오지 말거라

내 이르노라
조상 대대로 살아온
우리 국토 우리가 정하게 쓰고
후손에게 그대로 고스란히
물려줘야 하는 법
마구 쓰고 함부로 난도질 말아야 하네

고운 강산 맑은 물
그 무엇보다도 자랑찬 민족사
이것을 물려줘야 하네
결코 우리가 후손들에게 못난 조상
되지 말아야 한다네

내 이르노라
세월은 늘 고달팠으나
악전고투 속에서
이리저리 시달리면서도 이 악물고
그 어려움 잘 이겨왔지
절굿공이 갈아 바늘 만드는 심정으로
지게로 흙을 날라
바다 메운다는 심정으로
묵묵히 터벅터벅 우직한 자세로
우리 앞길 걸어가야 해
지난날 풍찬노숙에서 나는 깨달았지

내 이르노라

자꾸만 풍파로 밀려드는

온갖 고난 온갖 시련

그 앞에서 결코 지치거나

의기 꺾는 모습 보여선 안된다네

쓰러지면 그대로 잠시 쉬었다가

다시 힘 모아 일어나게

가장 두려운 적은 자기 속에 있으니

늘 마음 다스리고 단련해서

부디 빛나는 겨레의 땅 만들어가야 하네

이게 내 간절한 염원일세

* 1919년 11월 홍범도 장군은 대한독립군을 창건하면서 그 결성의
  정당성을 세계만방에 알리는 유고문(諭告文) 형식의 글을 발표했
  다. 유고문에는 대한독립군 결성이 하늘의 뜻임을 밝히는 절절한
  충심이 담겨 있다. 오늘의 한반도 위기 현실에 대하여 홍장군이
  보내오는 유고문 형식으로 필자가 재구성한 이 시는, 2018년 10월
  12일 서울 여의도 국회의원회관 대회의실에서 열린 '홍범도장군
  탄생 150주년 기념식'(홍범도장군기념사업회 주관) 단상에 올라
  서 필자가 직접 낭송했다.

아, 홍범도 장군
카자흐스탄 크질오르다 홍범도 장군 영전에서

아득한
중앙아시아 먼지바람 속
떠밀려 살아온 지 몇 년인가
아무리 지우려 해도 자꾸만 떠오르는
머나먼 동남쪽 내 조국 땅

그곳은 밝은 해
차분히 떠오르는 곳
새벽닭 소리에 잠이 깨던 곳
어둠 속에서 두런두런
들려오던 정겨운 말소리
마구간 말들이 혼자
콧김 푸르르 푸르르 내던 곳
방문에 싸락싸락
싸락눈이 문 두드려 불러내던 곳

만리타국
고단한 객지 생활

수십년 지나도 지나도
끝내 누를 수 없는 이 그리움은 대체 무엇인가
세월이 가면 갈수록
왜 이다지 자꾸 사무치기만 하는가
감추려야 감출 길 없는
이 진득한 그리움은 병인가 사랑인가

말해다오
말해다오
대체 무엇인가
왜 이토록 나를 잡고 사정없이 흔드는가
바람아 구름아
내 늙고 병들어 지금은 못 가니
너라도 다녀와서
그곳 소식 전해다오

천리 길도
만리 길도 쉬지 않고 달린다는

대초원 젊은 말들아
너희가 이 늙은 나를 도와서
질풍같이 갈기 나부끼며 달려갔다 돌아오려마
그리고 네가 본 내 고향 소식 전해다오
조금이라도 전해다오

젊었던 날
내 한줄기 강풍으로
강과 산 다른 바람 불러 모아
모진 맹수 도깨비떼 보는 대로 물리쳤나니
무슨 곡절로 내 이 먼 곳까지
휘몰리고 떠밀리고 끌려와 내팽개쳐졌던가
그 누가 나를
영웅이라 하는가
그 누가 나를 날으는 호랑이라 하는가

내 이제
그 아무것도 아닐세

다만 자욱한 황사 바람 속
크질오르다 길거리
모래벌판 한 귀퉁이에 혼자 쪼그려
드디어 외롭고 가련하고
볼품없는 늙은이

내 삶은 처량 만고
집도 절도 없이 평생을 떠돌았고
처자식마저 가뭇없이 나라에 바쳤나니
삭북의 계절
엄동설한에 방바닥조차
냉돌인 채 등에 이불 두르고 쪼그렸나니

이 한 몸
가슴속 미련일랑
모두 버리고 깡그리 씻어내고
마침내 한덩이 구리 뭉치로 우뚝 서 있나니
그래도 내 눈길은

예나 제나 동남쪽 고향을 바라고 섰네
종일 고향 하늘 바라보는 게
내 지금 유일한 낙일세

여보게들
내 조국 땅에서 오셨다는 귀한 임들
얼른 이리 오게 와서 손이라도
한번 잡아보세
그리고 고향 소식 들려주게

---

* 2018년 10월 24일 민족 영웅 홍범도 장군의 순국 75주기를 맞이하
여 쓴 추모시이다. 홍범도장군기념사업회에서는 카자흐스탄 크질
오르다의 홍범도 장군 묘소를 참배하고, 그날 저녁 다시 알마티로
돌아와 국립아카데미 고려극장에서 거행된 순국 75주기 추모식에
참석했는데 식장에서 필자는 이 시를 낭송했다. 러시아어 번역 시
는 고려극장 가수 겸 배우로 활동하는 김조야 빅트로브나의 감동
적 낭송으로 참석자들의 뜨거운 박수를 받았다.

산 자와 스러진 자, 모두의 이름을 위하여

반병률

올해 2019년은 소련 시절 한인(고려인)들이 스탈린 정권에 의해 중앙아시아로 강제이주된 지 82년째 되는 해이다. 그동안 고려인 강제이주와 관련한 역사학계의 논문이나 책자는 많았지만, 이 문제를 문학적으로 형상화한 작품은 이동순 시인의 『강제이주열차』가 처음이 아닌가 한다.

근 160년의 오랜 역사를 지닌 구소련 지역 한인들은 여느 디아스포라와는 매우 다른 역사적 경험을 겪어왔다. 이들은 19세기 후반 조선 정부의 월경 금지 정책에도 목숨을 걸고 연해주로 이주를 감행한 이후 러시아혁명(1917), 시베리아 내전(1918~22), 스탈린 대탄압과 강제이주(1937), 소련 붕괴와 공화국들의 분리 독립(1991) 등 세계사적인 격동의 세월을 거쳐왔던 것이다.

이들 한인은 자칭 타칭 다양한 명칭으로 불렸다. '한인'

'한족' '고려족' '고려 사람' '고려인' '조선인' '조선 사람' '재소 한인' '유라시아 고려인' '소비에트 고려 사람' 등등. 이렇게 다양한 명칭이야말로 이들의 역사가 얼마나 변화무쌍하고 격동적이었는지를 짐작게 한다. 현재 구소련 지역에 거주하는 한인들은 크게 함경도 농민을 선조로 둔 '고려인'과 남한의 삼남 지방 출신인 '사할린 한인'으로 구별된다.

함경도 농민의 후예, 두개의 조국을 가진 망국노의 삶

조선왕조의 건국공신이었던 정도전은 함경도 사람을 '석전경우(石田耕牛)', 즉 '돌밭을 가는 소'에 비유했다. 1863년 목숨을 걸고 이주한 이래 러시아 연해주 땅과 중앙아시아의 황무지를 개척했던 억척스럽고도 우직한 함경도 농민들의 개척정신을 설명하는 데 이보다 더 적절한 말이 있을까 싶다. 이들과 그 후손들은 이같은 부지런함뿐 아니라 정치적인 억압과 고난을 딛고 다시 일어나는 강인함과 끈질김을 지녔다. 이동순은 고려인들의 이러한 모습을 '잡초'에 비유했다.

에잇 저
지긋지긋한 원동 고려인들
잡초 같은 고려인들

베면 벨수록 더욱 무성하게
기세등등 돋아나는
저 고려인들
저 지긋지긋한 것들
스탈린은 우리를 질기디질긴
잡초 따위로 여기며 고개 흔들었다지
고난과 시련이
우리를 그리 만들었어

—「잡초」 부분

 고려인들은 조부모, 부모, 형제자매가 조선, 원동, 중앙아
시아 등으로 '고향'을 달리할 수밖에 없는 운명이었다(「고
향」). 어느 한곳에도 안정적으로 정착할 수 없었던 '뿌리 없
는 존재'로서 고향을 상실한 고려인의 처지를 시인은 이렇
게 노래한다.

 머나먼 동쪽 끝에서 쫓겨와
 평생을 물풀처럼 떠돌다 마감했으니

 땅에 떨어져 서로 간 곳 모르는
 낯선 땅 가랑잎이여 망각의 넋이여
 내 고향과 부모를 묻지 말라

나는 바람과 구름이 낳은 유랑의 자식

—「고려인 무덤」부분

  고려인들은 역사적 모국과 현실적인 정치적 조국, 어느
쪽으로부터도 보호받을 수 없었다. 스탈린 대탄압에 의해
1936년 카자흐스탄 크질오르다로 유배당했던 항일혁명가
이인섭은 자신을 '망국노'라고 자처했다. 고려인들은 기댈
조국이 없는 '망국노'로서 억압과 추방, 차별과 모욕으로
점철된 삶을 살아야 했다.

  논길 오가는
  마소의 발굽에 걸어차여
  어이없이 허리 부러지는 애달픈 풀
  지나치는 수레에 밟혀
  온몸에 피멍 든 서러운 풀
  만리 밖으로 어이없이 쓸려가
  갈피 못 잡고 헤매는 풀

—「싸라기풀」부분

강제이주

  한국과 러시아 학계는 스탈린 정권이 고려인 강제이주를
강행한 배경과 이유를 다각적인 측면에서 설명해왔다. 그

가운데 독일·일본과의 전쟁 발발에 대비하기 위한 소련의 국제정치적 안보 차원의 예비적 조치였다는 것이 가장 설득력 있는 설명이다. 그리하여 소련의 동서 접경지대에 거주하던 소수민족에 대한 강제이주가 자행되었다. 고려인에 대한 소련 당국자들의 불신 근저에는 저 유명한 황화론(黃禍論, Yellow Peril)이 깔려 있다. 이들은 유사시에 고려인이 같은 황인종으로서 중국이나 일본 측에 가담하리라고 평가했던 것이다.

1929년 9월 만주군벌 장쉐량이 동중철도(東中鐵道) 점령을 시도함으로써 중소 간에 무력 충돌이 발생하자 소련은 국경을 봉쇄했다. 비슷한 시기 일본은 만주사변을 일으키고(1931) 다음해에 괴뢰국가인 만주국을 수립했다. 이어 소련을 겨냥해 독일과 반공협정을 체결했고(1936.11.25. 이탈리아는 1937년에 합류), 1937년 7월 7일에는 중국 본토를 침략했다(중일전쟁). 아직 일본에 대항하기에는 역부족이라고 판단했던 소련은 일본과의 무력 충돌 소지를 없애기 위해 1935년 3월 동중철도를 헐값에 만주국에 매각했다.

그런 가운데 일본 관동군의 국경 침범과 첩보 활동으로 관동군과 소련 적군 간 총격전이 발생하곤 했다. 이렇게 국제 정세에 긴장이 고조되면서 소련 당국은 일본 정탐기관의 광범한 활동을 부각하고, 트로츠키주의자, 부하린파, 백계 러시아인, 중국인 등과 함께 한인을 '일본 정탐의 원천'

으로 지목했다. 때맞춰 일본 관동군 첩보기관과 연계된 반
소·반혁명 활동에 한인들이 연루된 사건이 빈발했다. 이 때
문에 한인사회 전체가 '일본 개'라는 오명을 뒤집어쓰고 강
제이주의 대상이 되고 말았다.

　　로스케 놈들 우리더러
　　일본 개라고 줄곧 쑤군대네
　　일본이 싫어서 고향 떠나온 우리에게
　　그 무슨 망발인가

　　　　　　　　　　　　　　　　　　　　—「이주 통보」부분

　고려인 강제이주는 당서기 스탈린과 인민위원회 의장 몰
로토프의 1937년 8월 21일자 명령서에 따라 내무인민위원
부가 실행을 맡아 속전속결로 단행되었다(「예조프의 이주명
령서」「스탈린의 이주명령서」). 러시아 원동 지역의 고려인 엘
리트 탄압과 고려인 강제이주를 총괄했던 내무인민위원
부 책임자 뤼시코프에게 내린 훈령을 보면, 당시 스탈린은
'국경지대에 거주하는 고려인들이 첩자로 소련 후방에 계
속 파견되어 파괴 공작을 일삼는다'면서 이들에 대한 강한
불신감을 갖고 있었다.

　일본 쳐들어오면

고려인들 일본에 붙는다고 했대
우리를 왜놈 간첩이라 했대
골치 아픈 믿을 수 없는
고려인에겐 추방이 상책이라 했대

—「고려인」 부분

고려인 강제이주는 3차에 걸쳐 강행되었는데, 1차는 국경 지방, 2차는 그외 지역, 3차는 남아 있던 이들이 대상이 되었다. 고려인들을 실은 첫번째 열차가 1937년 9월 9일 연해주 중부 지역의 스비야기노 역에서 출발한 이래로 10월 말까지 강제이주가 이루어졌다.

연해주 각지에 거주하던 고려인들은 육로 또는 배를 통해 가까운 역으로 이동한 후 중앙아시아행 수송 열차에 실렸다. 한인이 90퍼센트 가까이 거주하던 두만강 건너편 연해주 남부 지역의 경우 바라바슈(옛 명칭 멍구가이) 이남에서는 포시에트 항구에서 배를 타고 블라디보스토크로, 바라바슈 이북 지역에서는 육로로 라즈돌노예 역으로, 멀리 연해주 동부 지역에서는 배를 타고 블라디보스토크로, 연해주 내륙 지방에서는 우수리 철도의 가까운 역으로 차량으로 각각 이동한 후에 수송 열차에 올랐던 것이다(「이주 통보」「눈물의 세월」「라즈돌노예 역에서」「카레이스키」「김연옥의 증언」).

사전 통보나 협의 없이 한달여의 이동 기간에 필요한 식량과 옷가지만을 허용받았기에 이들은 모든 재산과 가재도구를 버려야 했다(「이주 통보」). 시인은 당시 현장을 목격한 증인처럼 고려인들의 심정과 처지를 참으로 세세하게 묘사한다.

> 무슨 볼일 그리도 급해
> 우리 터전과 살림 모두 다 팽개치고
> 황급히 떠나가야 하는가
>
> ——「깊은 밤」 부분

강제이주 대상자들이 얼마나 황급하게 떠나야 했는지 알수 있는 일화가 전해진다. 현재 우수리스크에서 활동하고 있는 아리랑무용단 단장 김발레랴 선생이 러시아인 할머니로부터 들은 이야기로, 이 할머니가 고려인들이 떠난 마을에 들어가 살게 되었는데, 뜰이나 방에서 사람들의 온기를 느낄 수 있었다는 것이다. 마치 잠깐 외출 나갔던 집주인이 금방이라도 돌아올 것만 같았다고 한다. 시인은 강제이주로 갑작스레 떠나는 고려인들을 따라나서는 개들의 모습까지 실감나게 묘사함으로써 강제이주의 아픔을 더욱 아릿하게 만든다(「떠나던 날」). 고려인들은 자신의 처지를 대책 없이 버려져 떠돌게 되는 개와 다름없다고 자탄했다.

주인이 집 떠나자

개들은 뒤따라 나섰고

떠나는 화물차 뒤를 헐레벌떡 달려왔네

역에 와서도 주인 찾아 두리번

열차 앞에서 뒤까지

분주히 오고 가며 두리번

(…)

열차는 기적을 울리고

개는 마침내 정든 주인과 헤어졌네

떠나는 열차 꽁무니만 멀뚱히 바라보았어

역에는 이런 개들 많았지

모두 떠돌이 개 되었을 거야

가만히 생각해보면 우리 고려인도

떠돌이 개의 가련한 신세와

다를 바 없었네

—「떠돌이 개」 부분

고려인들은 카자흐스탄과 우즈베키스탄으로 이주하게 되는데 124개 차량에 17만명이 실려갔다. 수송 차량은 일반 객차가 아니라 화물차, 즉 가축 수송용이었다. 아무런 부대 시설 없이 한 칸에서 네다섯가구가 먹고 자야 했다. 동물과 같은 취급을 받아야 했던 비인간적인 운송 과정의 비참함을 시인은 고려인들의 개별적 회상을 통해 시로 형상화한다(「송희연의 회고」「시인 연성용의 회상」「김연옥의 증언」「윤왈렌친의 회고」「신순남 화백」). 특히 「그날의 실루엣」에 묘사된 비참함은 현장을 보듯이 생생하다. 당시 고려인들은 최종 목적지에 대해 전혀 알지 못했다. "아, 우리는 지금 어디를 이렇게/숨 가빠 끌려가고 있는가"라는 절규는 그래서이다(「그날의 실루엣」). 특히 중환자, 노인, 어린아이, 임신부 들이 많이 희생되었다. 시인은 수송 열차에 실려가는 고려인들의 처지를 "짐승" "화물" "길 잃은 양떼" "수갑 안 찬 죄수" "슬픈 거적때기" "가여운 지푸라기" "애달픈 먼지" 등에 비유하고 있다(「우리는 무엇인가」).

아이들 먼저 죽고
늙은이들 차례로 죽어나갔다
환자 신고하면
전염병 막아야 한다며
거칠게 끌고 나가 다시 돌아오지 않았다
　　　　　　　　　　　　　　　　　—「서쪽으로」부분

짐승과 양떼
화물과 죄수는 교양도 인격도 없지

거적때기 지푸라기
먼지 따위는 그냥 두어도 돼
우리는 사람 아니니까
(⋯)
우리는 단지 물건이었지
우리를 인간으로 여겼다면
이토록 함부로 다루진 않았을 거야

　　　　　　　　　　　──「우리는 무엇인가」 부분

　불귀의 객이 되고 만 고려인들은 시베리아 벌판에 내던
져졌다(「깊은 적막」). 남은 사람들은 세상을 떠난 이들에 대
한 최소한의 인간적 도리도 지킬 수 없었다. 죽은 고려인들
의 영혼을 달래듯 시인은 절규한다.

무심한 열차는
물과 석탄 채우느라 바쁜데
사람들은 시신 메고
철로 옆 언덕에 가서 파묻네
뒤따르는 울음도 상여도 만장도 없네

(⋯)

굶어 죽고 얼어 죽고
병들어 죽은 저 불쌍한 영혼들
기적 소리는 또 보채는데
열차 떠나면 혼자
쓸쓸해서 어찌 지내노

—「레퀴엠」 부분

　이렇듯 강제이주 과정에서 겪은 가족들의 죽음은 고려인
들에게 평생의 한으로 남았다(「깊은 밤」 「작별」 「불쌍한 아가
야」 「김연옥의 증언」 「윤왈렌친의 회고」). 하바롭스크 부근 베리
노 역 열차 충돌 사고(「열차 사고」), 용변을 해결하려고 깔밭
에 뛰어들었다가 집단 탈주로 착각한 소련 병사들에게 허
망하게 살해된 여인들(「깔밭의 참변」), 노인을 발길질하고
채찍으로 때리는 호송관에게 항의하다 희생된 청년(「시인
연성용의 회상」) 등 어느 하나 애달프지 않은 죽음이 없겠지
만 특히 시인은 세살배기 아이의 마지막을 노래하여 읽는
이들의 마음을 아프게 한다.

　온몸에 홍역 번져
　울긋불긋 열꽃이 만발하던
　세살배기 삼대독자 표도르가 죽었다

마지막은 할배 품에서
가쁜 숨 몰아쉬다가 축 늘어졌다
눈가엔 눈물 맺혔다

한 가문의 대가 끊어진 시간
무정한 이주열차는 쉼 없이 달리고
할배는 죽은 손자 이틀이나 껴안고 있었다

차가 벌판에 잠시 섰을 때
할미는 할배 품에서 손자 빼내어
철둑 가 눈밭에 묻었다

　　　　　　　　　　　—「가장 비통한 그림」 부분

　이렇듯 중앙아시아로의 강제이주는 러시아 한인 사회의
기반을 송두리째 파괴한 대사건이었다. 이는 1860년대 두
만강 국경 지방의 함경도 농민들이 목숨을 걸고 월경한 이
후 온갖 역경을 극복하며 쌓아올린 정치적·사회경제적·문
화적인 모든 성과에 대한 전면적이며 비극적인 파괴 행위
였다.

스탈린 대탄압
　강제이주에 앞서 이루어진 스탈린의 대탄압은 정치적 반

대파에 대한 숙청으로 러시아인은 물론 중국인, 폴란드인, 독일인, 라트비아인, 리투아니아인, 백계 러시아인 등 소수 민족도 대상이 되었다. 1935년 제17차 당대회에 참석했던 1,961명의 대표 가운데 1,108명이 희생되는 등 원동 지역의 저명한 볼셰비키 지도자 거의가 출당·처형되었다. 한인 엘리트 역시 그 광풍에서 벗어나지 못했다. 반소·반혁명 분자라는 낙인과 함께 대대적인 체포, 출당, 처형이 자행되었다.

레닌은 러시아 대민족주의가 사회주의의 성공을 가로막는 장애 요인의 하나라고 경고한 바 있다. 소수민족에 대한 강제이주는 러시아 대민족주의 또는 민족 볼셰비즘이 1930년대에 세력을 떨쳤던 사정과 밀접한 관련이 있다. 결과적으로 오랫동안 한인 사회를 이끌어왔던 엘리트들에 대한 대대적인 탄압을 통해 1937년 중앙아시아로의 강제이주가 별다른 저항 없이 진행될 수 있었던 것이다(「숙청」).

한인들은 러시아혁명, 특히 시베리아 내전 초기부터 막바지 원동해방전쟁에 이르기까지 러시아 빨치산부대와 정규 적군에 합류하여 그 선봉에서 투쟁했다. 1918년 8월 미국 대통령 윌슨의 주창으로 미국, 일본, 영국, 프랑스, 이탈리아, 중국 등 연합국이 '체코군 구원'이라는 명분을 내세워 시베리아에 침략군을 파견했다. 이들의 진정한 목적은 러시아혁명을 좌절시키고 혁명 이전의 이권을 회복하려는 데 있었다. 특히 일본은 7만 5천명에 달하는 대규모 침략군

을 파병, 반혁명 백위파를 지원했다. 빈농이 다수를 차지했
던 한인들은 자체적으로 또는 러시아 빨치산과 연합하여
백위파와 일본군 등 연합군에 맞서 싸웠다. 그런 만큼 강제
이주를 전후해 자행된 스탈린 대탄압은 소비에트 사회주의
건설에 크게 기여했던 한인 혁명가들에 대한 철저한 배신
행위였던 것이다(「고려인」「혁명가」「숙청」).

> 이천오백명 민족 지도자들 끌려갔다네
> 가선 다시 돌아오지 못했다네
> 그들 모두 혁명가 우국지사
> 러시아 발전 위해 몸 바쳤는데
> 그런데 왜놈의 첩자 반혁명분자라며
> 모질게 제거하고 숙청했네
>
> ──「숙청」부분

김아파나시, 조명희

고려인 2세로, 3·1운동 당시 청년 대표로서 블라디보스
토크 주재 외국 영사관에서 독립선언서를 배포하고 청년운
동의 지도자로 활동했던 인물. 상해파 고려공산당의 이론
가로서 이동휘가 이끄는 고려공산당 대표단이 레닌을 접견
할 때 통역을 담당했던 인물. 1935년 소련공산당 제17차 대
회에 김미하일과 함께 원동 대표로 참석하여 스탈린과 기

넘촬영을 하고 연설한 인물. 연해주 남부의 포시에트 구역 당서기로서 '조선의 레닌'으로 불렸던 인물. 이처럼 화려한 경력의 지도자였던 김아파나시는 1936년 1월 하바롭스크에서 체포되었다가 스탈린에게 탄원서를 보내어 일시 석방되었으나 다시 체포되어 처형되고 말았다. 김아파나시와 그 가족들의 기구한 삶은 이 시집에서 그의 아들 김텔미르의 입을 빌려 형상화되고 있다(「김텔미르의 고백」).

카프(KAPF)의 핵심 작가로서 노동계급의 고향 소비에트를 찾아 1928년 두만강을 건너 연해주로 망명했던 조명희 역시 스탈린 대탄압의 회오리바람에서 벗어나지 못했다(「짓밟힌 고려」). 조명희는 국내 탈출 직후 블라디보스토크 국제혁명자후원회의 후원을 받아 니콜스크-우수리스크 군의 라즈돌노예 면 얼두거우(또는 우두거우) 마을의 협동조합 '신세계'에 몸을 맡겼다. '신세계'의 전신인 '공생조합'은 과거 연해주 수이푼 일대에서 활약했던 솔밭관부대 의병 출신 50명이 1923년 2월 결성한 협동조합이다. 조명희가 망명할 당시 명칭을 '신세계'로 바꾸었다. 조명희는 동포 신문『선봉』, 잡지『노력자의 조국(고향)』편집자로, 소련작가동맹에서 활동하며 많은 문학 지망생들을 지도하여 후일 '소비에트 고려문학의 아버지'로 불리게 된다. 그는 얼두거우 마을의 한 초가집에서 휴양하면서 소설『붉은 기 밑에서(붉은 깃발 아래에서)』를 집필했다. "프로레타리아 조국에 돌아온 감상, 일제의 억압과 탄압을 벗어나서 인민들이 자유롭게 호흡하는 소련에 와 감개무량한 기쁨으로" 쓴 것이다. 그러나 그가 망명 후 집필한 최초의 작품이라고 할 『붉은 기 밑에서』는 안타깝게도 분실되어 전해지지 않는다.*

중앙아시아에서의 정착 과정

고려인에 대한 강제이주는 1937년 9월에 시작되어 그해 연말에 완료되었다. 임시로 겨울을 보낸 고려인들은 1938년 봄 카자흐스탄과 우즈베키스탄 당국의 계획에 따라 또다시 새로운 지역으로 이동해야만 했다. 카자흐스탄 지역의 경우 약 60퍼센트가 재이주당했다. 이들 가운데에는 당국의 금지와 박해를 무릅쓰고 스스로 다른 지역으로 옮겨간 경우도 있다. 그리하여 고려인들은 원동에서 살았던 지역 면적의 20배가 넘는 중앙아시아 각지로 흩어졌다. 「카레이스키」는 고난과 역경으로 점철된 강제이주의 모든 과정을 압축적으로 그린 작품이다.

중앙아시아에 도착한 고려인들은 대부분 토굴, 창고, 마구간, 돼지우리, 폐허가 된 사원, 옛 감옥 등에서 임시로 거주했다. 이들은 혹독한 추위와 기근, 그리고 질병의 위협 속

---

* 이상의 내용은 1929년 연해주 육성촌 농민청년학교에서 조명희의 가르침을 받은 바 있는 강상호의 회상에 따른 것임.

에서 첫 겨울을 보내야만 했다. 특히 풍토병을 비롯한 질병의 확산으로 어린이, 부녀자, 노인 들이 많이 죽었다(「시인 연성용의 회상」「토굴집」「깔밭」).

고려인들은 비인간적인 강제이송 및 정착 과정의 악조건에도 특유의 근면성과 강인함으로 1937~38년의 가장 어려웠던 시절을 극복해냈다. 시인은 낯선 땅에서 정착해나간 고려인들의 모습을 중앙아시아 사막지대에 서식하는 풀 '삭사울'에 비유했다.

> 가장 힘든 터전에
> 뿌리 내리고 아주 더디게 자라는
> 저 삭사울 보네
> 살아가는 일이 죽기보다 어려울 때
> 삭사울은 늘 소곤거렸네
> 나도 여기 이렇게 버티고 있는데
> 이제는 힘들다고 하지 마
>
> ──「삭사울」부분

한편 「토굴집」에는 강제이주열차에서 허허벌판에 내린 고려인들이 정착 첫날에 토굴을 파고 온돌방을 만들어 겨우 자리 잡는 눈물겨운 모습이 생생하게 그려져 있다. 시인은 고려인들이 '아리랑'의 힘으로 그같은 역경을 극복할 수 있었다고 노래한다(「아리랑의 힘」).

고려인들이 강제이주 직후 첫 겨울을 넘기고 가까스로 정착에 성공한 데에는 카자흐스탄과 우즈베키스탄 사람들의 도움 덕이 컸다. 그들은 자신의 전통에 따라 고려인들을 '신이 보낸 손님'으로 따뜻하게 맞이했다. "팔짱 끼고/우릴 수상한 눈길로 지켜보는" 이들도 있었지만, 많은 사람들이 "내 가족 위해 자기 집도 냉큼 비워준/친형제보다 더 깊이 정든/카자흐 사내" 막심 아크바로브처럼 어려운 처지의 고려인들을 따뜻이 도와주었고(「내 친구 막심」), 이에 고려인들은 "인정 많은 카작 사람 우즈벡 사람/하나둘 친구 되었지"라고 고마워했다(「깔밭」).

고려인들은 강제이주 후 첫 동삼(가장 추운 동절기 3개월의 겨울)의 역경을 극복하여 이미 1938년 말 무렵에는 카자흐스탄공화국에 57개, 우즈베키스탄공화국에 48개의 집단농장(콜호스)을 건설했다. 「콜호스」는 새로운 희망으로 간난을 극복한 고려인들의 의지를 잘 그려낸 작품이다. 이처럼 미친 듯이 일에만 매달린 고려인들을 타민족 사람들은 '일벌레'라고 놀리기도 했다(「일벌레」).

민족정체성 상실의 위기

강제이주 후에도 고려인들은 당국의 감시 속에서 살아가야 했다. 적성 민족으로 분류된 상태에서 말과 행동을 극히

삼가야만 했다. 한말 항일의병에 참여하고 러시아혁명 이후 사회주의자로서 활동했던 이인섭은 같은 평양 출신으로 평소 흠모해 마지않던 홍범도 장군을 남몰래 만나야만 했다. 1938년에 홍범도 장군을 만난 바 있는 고려인 작가 김기철은 장군이 귓속말로 조심스레 "걸리지 말아라" 하며 타일러주곤 했다고 한다. 고려인들은 스탈린 사후 1956년까지 거주 이전의 자유를 박탈당했고 정치적인 활동도 금지되었다.

말하지 말라
왜 이곳까지 끌려왔는지
고향 이야기 따위는
아예 꺼내지 말라
어제도 오늘도 흔적 없이 사라지는
그 사람들은 전혀 잊어라
떠나온 연해주
빼앗긴 자유 강제이주 입에 담다가
그들은 붙잡혀 갔나니
오직 땅과 곡식
먹고사는 일만 생각하라

— 「디아스포라」부분

1860년대 이래 갖은 우여곡절을 겪으며 형성된 고려인 사회는 격동의 세계사 속에서 정체성에 심각한 혼란과 변화를 겪을 수밖에 없었다. 제정러시아 시기에는 러시아 국적을 취득한 원호인과 그렇지 못한 여호인(유호인) 간에 정치적·사회경제적·문화적 정체성이 다를 수밖에 없었다. 고려인으로서의 민족정체성 대신에 소비에트 시민으로서의 정체성만 허용되었던 것이다. 러시아라는 타향에서 고려인들은 민족정체성의 상실을 안타까워했다.

　　모국어 아주 잊어버린 채
　　타향도 고향으로 여기고 그럭저럭
　　이 악물고 살아가는 풀

　　　　　　　　　　　　　　　　　　　　　　　　　　　　　—「싸라기풀」 부분

　고려인 사회는 세대 간에 각기 다른 고향(1세대 함경도, 2세대 원동, 3세대 중앙아시아)이 있었다. 이는 할아버지가 두만강을 넘을 때 가져온 "함경도 고향 흙," 아버지가 강제이주 당시 가져온 "원동의 흙"으로 일컬어지며, 다시 이 '고향의 흙'은 아버지와 할아버지의 몸으로 형상화된다.

　　고향 흙은
　　내 아버지와 할아버지의 몸

그분들의 피와 땀 고스란히 무르녹은

사랑과 아픔과 눈물의

역사입니다

——「고향 흙」부분

어쩔 수 없이 고려인들은 러시아혁명 이후 소비에트 사회주의 건설 과정에서 고유한 민족정체성을 상실하고 점차 소비에트 시민으로서의 정체성을 갖게 되었다.

1930년대 블라디보스토크에 설립된 고려사범대학은 강제이주된 1938년에 크질오르다사범대학으로 이름이 바뀌었을 뿐 아니라 역사성을 인정받지 못한 채 원동 시절과 달리 고려말 강의마저 사라졌다. 심지어 고려사범대학 도서관에 소장된 고려말로 된 도서들이 유태인 학장의 명령으로 유실될 뻔했으나 리파벨 교수에 의해 소각 직전 극적으로 살아남았다(「분서갱유」). 이 책들은 20세기 초 극동국립대학 한국학과장을 역임했던 포드스타빈 등이 조선에서 수집하여 대학 도서관에 보관하다가 1931년 고려사범대학이 설립되면서 이전해온 것이다. 이 드라마틱한 이야기는 고려인들 사이에 구두로 전해져오다가 한진의 소설을 통해 널리 알려졌다. 이 도서들은 현재 크질오르다대학과 타슈켄트 푸시킨도서관에 분산 소장되어 있다.

고려사범대학과 함께 고려인 사회에서 교육과 문화의 중

심이 되었던 고려극장, 『선봉』 신문, 고려말 라디오 등의 민족문화 기관 또한 크질오르다로 강제이주되었다. 이에 위상이 원동 시절과는 확연하게 달랐으며, '형식은 민족적, 내용은 사회주의'라는 슬로건을 앞세운 소비에트 문화정책에 따라 사회주의 건설을 위한 도구로서만 의미를 갖게 되었다. 그럼에도 제한적 의미에서이기는 하나 고려인들이 문화적 정체성을 유지할 수 있었던 데에는 이 기관들의 공이 컸다. 참고로 1923년 3월 1일 '삼월일일'이라는 이름으로 창간됐던 신문 『선봉』은 1938년 '레닌의 기치'를 거쳐 '레닌기치'로 제호를 바꾸어 발간되었으며, 소련 붕괴 후에는 '고려일보'로 개칭하여 명맥을 이어가고 있다.

고려인들은 기후는 물론 문화적·사회경제적·언어적으로도 전혀 새로운 환경에 적응해야만 했다. 원동 시절에도 러시아인, 중국인, 우크라이나인 들이 주변에 살기는 했지만 자신들의 독립된 마을에 집중적으로 거주했던 고려인들은 이제 20배가 넘는 광활한 중앙아시아의 여러 지역에 흩어져 100여개의 다른 민족과 섞여 살아가야 했다. 언어도 공식적으로 러시아어만을 사용해야 했으니 시간이 흐를수록 고려말을 모르는 이들이 늘어나게 되었다. 이에 뜻있는 고려인들은 말의 상실, 곧 민족정체성의 상실을 걱정했다(「고려말」). 생존을 위한 각고의 삶을 겪으면서도 고려인들은 최소한의 정체성을 지키기 위해 말, 풍습, 음식, 노래를

잃지 말자고 다짐했다(「디아스포라」).

스탈린 사후 1950년대 후반 흐루시초프의 스탈린 격하 운동과 부분적인 자유화 조치에 힘입어 중앙아시아 고려인들은 정착 이후의 난관을 극복하며 성공적으로 집단농장을 건설하고 전문직으로 활발히 진출하여 모범적인 민족으로서 위상을 높였다. 「고려인 마을」은 그렇게 소련 시기에 번창했으나 이제는 이름도 카자흐스탄식으로 바뀌고 대부분의 고려인들이 떠나버린 곳의 쇠락한 모습을 보여준다.

사할린 한인

이 시집의 제2부는 고려인 사회의 비주류였던 사할린 한인의 삶과 역사를 형상화한 시들로 구성되어 있다. 사할린은 러시아와 일본의 관계에 따라 변화를 겪었다. 애초에는 양국 간 교섭에 의해 사할린은 공동소유로, 쿠릴열도는 남과 북으로 나누어 남은 일본, 북은 러시아 영토로 규정되었다. 이후 1875년 사할린-쿠릴 교환 조약에 따라 사할린은 러시아령, 쿠릴열도는 일본령이 되었다가 1905년 러일전쟁 결과 맺어진 포츠머스조약에 의해 북위 50도 이남의 남부 사할린이 일본에 할양되었다. 북부 사할린은 시베리아 내전 당시 일본군이 1920년 3월과 5월의 니항(尼港) 사건을 빌미로 불법 점령했다가 소일조약 체결로 소련과 국교 정상화가 이루어져 철수하면서 1925년 5월 러시아연방에 편입되었다. 남부 사할린은 제2차 세계대전 이후 소련에 편입 됐는데, 1952년 샌프란시스코조약에 따라 사할린과 쿠릴열 도 전체가 소련 영토로 공식적으로 확정되었다.

사할린 한인은 일제강점기인 1930년대 후반 자발적 지원 으로 이주했거나 이후 남부 사할린으로 강제징용된 이들 과 그 후손들을 가리킨다. 1945년 2차대전 종결과 함께 일 본 영토였던 남부 사할린이 소련에 편입되면서 소련 국민 이 된 이들은 고려인 사회의 비주류라 할 수 있는데, 다수 를 형성한 주류는 19세기 후반 러시아 원동 지역으로 이주 해온 함경도 출신 농민들의 후손이다. 반면 고향이 삼남 지 방으로 스스로를 '사할린 한인'이라고 부른 이들은 주류인 고려 사람을 '큰땅사람' 또는 조금 비하하는 의미로 '큰땅 배기'라 불렀다. 이들 사할린 한인은 소련 붕괴 후 한국과 의 교류가 잦아지고 한국 기업이 진출하면서 위상이 높아 졌다.

사할린 한인들은 고려 사람과 출신 지역, 이주 동기 및 시 기, 언어나 관습 등이 다르다. 특히 이들은 강제이주를 당하 지 않았다. 다만 1937년 당시 북부 사할린에 거주하던 이들 은 예외다. 이들 사할린 한인의 역사와 현재 삶은 「슬픈 틈 새」와 「강제징용자」에 잘 드러나 있다.

「하늘 끝」은 남한, 사할린, 일본 등지에 흩어져 살고 있는 이산가족으로서의 사할린 한인들의 아픔을 그려낸 작품이

다. 「이중징용자」는 사할린으로 강제징용되었다가 다시 일
본으로 강제이송되어 그 종적조차 확인할 수 없게 된 '이중
징용자'들의 처지를, 「코르사코프 항구」는 2차대전 이후 소
련 영토로 편입된 뒤 방치되어버린 남부 사할린 한인들의
모습을 형상화한 작품이다. 징용으로 끌려왔다 고향으로
돌아가지 못한 채 사할린에 묻힌 한인들의 비참함은 「홀아
비 무덤」에 절절하게 그려져 있다.

> 사할린
> 공동묘지엔
> 홀아비 무덤 유난히 많네
> 끝까지 귀향의 끈 놓지 않고 기다리며
> 슬픈 심정 술로 달래다
> 못 챙겨 먹고 병들어 일찍 죽은
> 슬픈 홀아비들
> 고작 열아홉 스물에
> 고향의 처자식 작별하고 사할린 와서
> 평생 가족 그리움으로 지내다가
> 쓸쓸히 죽어간
> 홀아비 아닌 홀아비들
>
> ─「홀아비 무덤」 부분

카자흐스탄 방문

제3부에는 시인이 2018년 10월 카자흐스탄의 알마티와 크질오르다를 방문하여 겪은 바를 형상화한 작품들이 담겨 있다. 1991년 소련을 구성하던 15개 공화국이 독립을 선언하고, 주류 민족이 주도하는 민족주의에 따라 자기의 언어를 국가 공식어로 지정했다. 카자흐스탄은 1989년에 카자흐어를 러시아어와 함께 국가어로 지정했고 자민족 중심의 교육체제로 전환하고 있다. 거리의 이름을 자기 식으로 변경했고, 공문서에도 카자흐어를 사용하면서 주요 공직자들은 카자흐어를 의무적으로 구사해야만 하게 되었다. 우즈베키스탄 역시 우즈베크어를 국가어로 공포하고 모든 문서에서 러시아어를 없앴으며 나아가 우즈베크어에 사용하는 키릴문자를 라틴문자로 바꾸었다. 이러한 상황에서 소련 시기 러시아어에만 익숙했던 고려인들은 거주하는 나라의 언어를 배워야 했다. 이같은 민족주의 발흥을 우려하여 러시아 원동 지역으로 이주하는 고려인들도 나타나긴 했으나, 소련 붕괴 후 민족국가를 형성하고자 하는 중앙아시아 각국의 정책에도 아랑곳없이 고려인들은 소련 시기의 전통에 따라 오늘날에도 여전히 타민족과 어울려 살고 있다(「알마티 식당」).

고려인들이 쓰는 말을 한반도 남북한의 '서울말' '평양말'과 구별해 흔히 '고려말'이라고 부르며 학술적인 용어로는 '육진방언'이라고 한다. 「고려인 밥상」은 우리에게 낯선 '육진방언'의 음식 이름을 소개하여 흥미를 끈다. 또한 시인은 크질오르다의 고려인들이나 알마티의 시장에서 고려 음식을 파는 이들과 만나면서 느낀 동포로서의 애틋한 정을 형상화하거나(「크질오르다에서」「바자르」), 고려인들이 세대 간에 서로 돌보고 기대며 살아가는 아름다운 모습을 그려내고(「자작나무 숲」), 1980년대 말 소련 페레스트로이카 시절 젊은 청년들의 우상으로 인기를 모았으나 의문의 사고로 사망한 전설적인 고려인 록가수 빅토르 최를 기리기도 한다(「빅토르 최」).

그중에서도 특히 주목해야 할 작품은 「두개의 별」이다. '두개의 별'이란 크질오르다 중앙묘역에 묻혀 있는 두 혁명가, 계봉우와 홍범도를 가리킨다. '뒤바보' 계봉우는 함남 영흥 출신으로 일찍이 이동휘와 의형제를 맺은 이래 초지일관 이동휘와 같은 길을 걸었던 항일혁명가이자 역사가, 언어학자, 언론인이다(「계봉우의 옛집」「김야간 여사」). 계봉우와 그의 부인 김야간의 묘는 크질오르다 중앙묘역 정문 왼편에 위치해 있었으나, 그 유해가 2019년 4월 21일 카자흐스탄을 방문한 문재인 대통령의 전용기와 함께 국내로 이송되어 국립현충원에 안장되었다. 이제 두 별 중 홍범도 장군의 묘만 크질오르다에 홀로 남게 되었다.

홍범도 장군은 봉오동전투와 청산리전투 등에서 일본군

을 격파한 항일무장투쟁의 대표적인 명장으로 널리 알려져 있지만, 유감스럽게도 러시아에서의 삶과 활동에 대해서는 잘 알려져 있지 않다. 시베리아 내전 이후 그는 항일 빨치산 출신들 중심의 집단농장을 지도했고, 강제이주 직전에는 연해주 시코토보에 위치했던 '레닌의 길' 집단농장의 수직원으로 있었다. 1937년 아랄해 부근 카잘린스크 지방으로 강제이주되었으나 열악한 곳에 사는 연로한 장군을 격정한 고려인들의 주선으로 1938년 4월 크질오르다로 이주했다. 이후 병원 경비로 일하던 중 장군의 처지를 안타깝게 여긴 고려극장 관계자들이 극장 수직원 자리를 만들어 연금에만 의존해 생활하던 그의 말년에 도움을 주고자 했다. 이어 사망할 무렵에는 크질오르다 정미공장 당세포에 소속되어 있었다.

고려극장 소속 작가인 태장춘이 홍범도 장군을 집에 모시고 기록한 회고록을 바탕으로 희곡을 쓰고 1942년 무대에 올린 작품이 「의병들」(채영 연출, 김진 주연)이다. 장군도 이 공연을 관람했는데 자기를 너무 추켜세웠다고 평했다 한다. 장군은 공연 다음해인 1943년 세상을 떠났다.

「의병들」은 1942년 초연 이후 1947년, 1957년까지 세차례에 걸쳐 공연되었는데, 60년 가까운 세월이 흐른 2013년에 홍범도장군기념사업회의 주관으로 고려극장에서 '홍범도'라는 제목으로 다시 무대에 올랐다.

2018년 10월 이동순 시인이 카자흐스탄을 방문한 목적은 홍범도 장군의 묘역을 방문하여 15년 전 자신이 집필한 민족서사시 『홍범도』를 헌정하기 위함이었다. 「아, 홍범도 장군」은 바로 그 경험을 토대로 쓴 시이다. 「홍범도 부고」 「연극 「의병들」」 「홍범도 축제」는 장군을 기리며 새롭게 쓴 것이고, 「신 유고문(新諭告文)」은 장군이 1919년 12월 대한독립군 (의용)대장으로서 간부인 박경철, 이병채와 함께 3인 명의로 내외에 공포했던 '유고문'의 형식을 빌려 현재의 한반도 위기 상황에 대한 메시지를 전하고자 한 작품이다. 장군에 대한 시인의 각별한 마음을 엿볼 수 있는 작품들이다.

시인은 "가슴에서 불덩이처럼 뜨거운 무엇이 울컥 쏟아져 들어오는 놀라운 충격을 자주 겪었다"라고 고백했다. 『홍범도』를 쓸 때 경험했던 "접신(接神)과 유사한 체험"('시인의 말')이었다는 것이다. 이 시집이 강제이주에 대한 시적 형상화로서의 의의뿐 아니라, 우리의 후세대가 그것을 기억할 수 있도록 해줄 소중한 역사적 기록의 하나가 될 것임을 믿어 의심치 않는다.

潘炳律 | 한국외대 사학과 교수

　첫 삽질에서 출판까지 무려 스무해가 걸렸던 민족서사시 『홍범도』(전 5부작 10권, 국학자료원 2003)를 한창 신명나게 써 나갈 때 나는 마치 접신(接神)과 유사한 체험을 했었다. 눈보라가 휘몰아치던 12월 초순, 미국 시카고의 미시건 호수가 내려다보이는 창가에 책상을 놓고 『홍범도』 집필에 몰두하던 때 백마를 탄 홍범도 장군이 온몸에 눈을 맞으며 창문 바깥쪽으로 가까이 다가와 나를 물끄러미 지켜보시던 환시(幻視)를 경험했던 것이다.

　그런데 이번 시집 『강제이주열차』의 작품을 쓰면서도 가슴에서 불덩이처럼 뜨거운 무엇이 울컥 쏟아져 들어오는 놀라운 충격을 자주 겪었다. 이번에는 1937년 그 아비규환의 강제이주열차를 타고 고려인들과 더불어 장장 42일 동안 2만 킬로미터의 먼 길을 시름없이 달려가는 회상의 동일성(identity)을 체감했다. 시베리아 철도의 칼바람이 갈라진 열차 널판 사이를 비집고 들어오는데, 저쪽 구석에서는 앓던 노약자가 몸을 비틀며 죽어가는 모습이 보였다. 강제이주열차 주변에서 일어나는 이 모든 참혹한 광경을 나는 한

사람의 시인, 즉 견자(見者)로서 낱낱이 목격하고 현장에 동참하였다.

　그로부터 어느덧 80여년의 세월이 흘렀건만 고려인 강제이주 문제는 우리 민족문학사에서 여전히 미완의 과제이다. 그동안 소외와 무관심 속에 방치되어 있었기에 더욱 그러하였다. 이제라도 나는 강제이주 문제를 내 문학의 화두로 삼고 당시 현실과 정황을 정성껏 복원해내고자 한다. 가축 수송 열차를 타고 쫓기듯 떠난 고려인 동포들, 거기에는 홍범도 장군도 함께 계셨다. 그뿐만 아니라 강제징용으로 끌려와 차디찬 사할린에 머물다가 다시 강제이주열차에 실려 아주 멀리 쫓겨간 겨레도 있었다.

　2018년 가을, 장군의 서거 75주기를 맞이하여 홍범도장군기념사업회 회원들과 함께 찾아갔던 카자흐스탄에서의 체험은 이번 시집 발간의 크나큰 동력과 모티프가 되었다. 중앙아시아 고려인들의 밀집 거주 지역인 크질오르다, 알마티 등지에서 현지 고려인협회 회원들을 직접 만나 손잡고 얼싸안고, 날마다 한반도 쪽을 바라보며 홀로 우두커니 서 계시는 장군의 흉상과 묘소를 찾아가 큰절 드리며 내가 쓴 서사시 열권을 눈물로 바치던 감격의 행보를 어찌 잊을 수 있겠는가.

　이 시집에 담긴 작품들은 우리 민족이 연해주와 사할린, 중앙아시아에서 겪었던 모든 고통과 시련, 그리고 그동안 가슴속에 담아만 두고 차마 꺼내지 못했던 애환을 내가 시인으로서 대신 불러내고 모셔온 것이다.

당시 강제이주열차에서 목숨을 잃은 2만여 슬픈 영혼들께 이 시집을 바친다.

2019년 여름
이동순

강인철『그래도 고려인은 살아 있다』, 혜인 1998.

강정원 외『중앙아시아 고려인 전통생활문화 우즈베키스탄』, 민속원 2017.

강회진『아무다리야의 아리랑』, 문학들 2010.

계봉우『꿈속의 꿈』, 김필영 옮김, 강남대학교출판부 2009.

『고려일보』(구『선봉』『레닌기치』), 1938~2019.

국사편찬위원회·한양대 한국학연구소 엮음『소비에트시대 고려인의 노래』, 한양대학교출판부 2005.

권영훈『고려인이 사는 나라 까자흐스딴』, 열린책들 2001.

김균태·강현모『우즈베키스탄 고려인의 이주와 삶』, 글누림 2015.

김기철『원동』, 한러시아고려인문화교류후원회 2001.

김병학『카자흐스탄의 고려인들 사이에서』, 인터북스 2009.

김병학·한 야꼬브 엮음『재소 고려인의 노래를 찾아서』(전2권), 화남 2007.

김삼웅『빨치산 대장 홍범도 평전』, 현암사 2013.

김세일『홍범도』(전5권), 제3문학사 1989~90.

김영순 외『사할린 한인의 노스탤지어 이야기 탐구』, 북코리아 2018.

김영순 외『사할린 한인의 다양한 삶과 그 이야기』, 북코리아 2018.

김영순 외『카자흐스탄 고려인 생애사 스토리텔링 연구』, 북코리아 2018.

김 이그나트·김 블라지미르·조규익 엮음『우리 민족의 숨결, 그곳에 살아 있었네!』, 지식과교양 2012.

김종회 엮음『중앙아시아 고려인 디아스포라 문학』, 국학자료원 2010.

김지연『사할린의 한인들』, 눈빛 2016.

김필영『소비에트 중앙아시아 고려인 문학사(1937~1991)』, 강남대학교출판부 2004.

김호준『유라시아 고려인 디아스포라의 아픈 역사 150년』, 주류성 2013.

남혜경 외『고려인 인구 이동과 경제환경』, 집문당 2005.

대구MBC 다큐멘터리「사할린 경상도 사람들」(전2부), 2011.

리 블라지미르 표도로비치·김 예브게니 예브게니예비치 편저『스딸린체제의 한인 강제이주』, 김명호 옮김, 건국대학교출판부 1994.

문영숙『까레이스키, 끝없는 방랑』, 푸른책들 2012.

박종효『러시아 연방의 고려인 역사』, 선인 2018.

박환『중앙아시아 고려인의 삶과 기억과 공간』, 민속원 2018.

반병률「한국인의 러시아이주사」,『문화역사지리』제18권 제3호, 2006.

반병률『홍범도 장군』, 한울아카데미 2014.

블라디미르 김『멀리 떠나온 사람들』, 최선하 옮김, 인터북 스 2010.

블라지미르 김『러시아 한인 강제 이주사』, 김현택 옮김, 경당 2000.

신연자『소련의 고려사람들』, 동아일보사 1988.

심헌용『러시아 민족정책과 강제이주』, 선인 2017.

쓰노다 후사코『슬픔의 섬 사할린의 한국인』, 김은숙 옮김, 조선일보사 1995.

아나톨리 쿠진『사할린 한인사』, 문준일·강정하 옮김, 휴북 스 2014.

안톤 체호프『안톤 체호프 사할린 섬』, 배대화 옮김, 동북아 역사재단 2013.

양병순『까레이스키』, 가이드포스트 2010.

오오누마 야스아키『사할린에 버려진 사람들』, 이종원 옮김, 청계연구소 1993.

우정권『공간 스토리텔링』, 청동거울 2011.

이계룡『터 밭의 고려인 러시아 대지를 가꾸다』, 김마리나

옮김, 행복한집 2003.

이동순『홍범도』(전5부작 10권), 국학자료원 2003.

이병조 외『CIS 고려인 이야기』, 경인문화사 2018.

이복규『중앙아시아 고려인의 구전설화』, 집문당 2008.

이복규『중앙아시아 고려인의 생애담 연구』, 지식과교양 2012.

이샘물『이주 행렬』, 이담북스 2015.

이송호·이재훈·김승준『연해주와 고려인』, 백산서당 2004.

이은경·박진관·노인호『코리안 디아스포라』, 밝은사람들 2019.

이정선·임형모·우정권『고려인문학』(전3권), 청동거울 2013.

이채문『공간으로 읽는 중앙아시아』, 경북대학교출판부 2016.

이토 다카시『사할린 아리랑』, 김문규 옮김, 눈빛 1997.

인문사회연구소 기획『사할린의 여름 하늘은 낮다』, 경상북도 2011.

임영상『소련 해체 이후 구술생애사와 문화콘텐츠를 통해 본 고려인』, 신서원 2012.

임영상·황영삼 외『고려인 사회의 변화와 한민족』, 한국외국어대학교출판부 2005.

임형모『조선사람 소비에트 고려인 고려사람 그리고 "고향"』, 신아출판사 2016.

장병옥『중앙아시아 국제정치의 이해』, 한국외국어대학교 출판부 2001.

장사선·우정권『고려인 디아스포라 문학 연구』, 월인 2005.

장석흥「일제강점기 한인 해외 이주의 강제성과 귀환 문제」, 『한국학논총』제27집, 2005.

장세윤『봉오동·청산리 전투의 영웅』, 역사공간 2007.

장세윤『홍범도 생애와 독립전쟁』, 독립기념관 한국독립운동사연구소 1997.

전경수 엮음『까자흐스딴의 고려인』, 서울대학교출판부 2002.

전병국「소련의 민족정책과 고려인 강제이주」, 『일본연구』제15집, 2011.

조성길『겨울꽃』, 파랑새미디어 2012.

최길성『사할린』, 민속원 2003.

최홍빈「1930~40년대의 한인의 강제이주와 통제·안정정책」, 『백산학보』제54호, 2000.

하야시 에이다이『증언·사할린 조선인의 학살사건』, 반민족문제연구소 옮김, 계명문화사 1991.

한금선『바람에 눕다 경계에 서다 고려인』, 봄날의책 2014.

허혜란『503호 열차』, 샘터 2016.

이동순 시집

강제이주열차

초판 1쇄 발행 / 2019년 8월 30일
초판 2쇄 발행 / 2020년 8월 28일

지은이 / 이동순
펴낸이 / 강일우
책임편집 / 전성이 박문수
조판 / 한향림
펴낸곳 / (주)창비
등록 / 1986년 8월 5일 제85호
주소 / 10881 경기도 파주시 회동길 184
전화 / 031-955-3333
팩시밀리 / 영업 031-955-3399 편집 031-955-3400
홈페이지 / www.changbi.com
전자우편 / lit@changbi.com

ⓒ 이동순 2019
ISBN 978-89-364-7776-9 03810